枯木逢春

漆斌 著

上海辞书出版社

图书在版编目（CIP）数据

枯木逢春 / 漆斌著 . — 上海 : 上海辞书出版社 , 2023
ISBN 978-7-5326-6063-6

Ⅰ . ①枯… Ⅱ . ①漆… Ⅲ . ①诗集－中国－当代 Ⅳ . ① I227

中国国家版本馆 CIP 数据核字 (2023) 第 077160 号

KUMU FENGCHUN
枯木逢春
漆斌 著

责任编辑 张 恬
装帧设计 王 正
责任印制 王亭亭

出版发行 上海世纪出版集团
上海辞书出版社®（www.cishu.com.cn）
地 址 上海市闵行区号景路 159 弄 B 座（邮政编码：201101）
印 刷 四川科德彩色数码科技有限公司
开 本 787 毫米 ×1092 毫米 1/32
印 张 8.75
字 数 203 000
版 次 2023 年 9 月第 1 版 2023 年 9 月第 1 次印刷
书 号 ISBN 978-7-5326-6063-6 / I · 545
定 价 79.00 元

与诗握手　活出诗与远方

李传政

漆斌先生邀我为他的《枯木逢春》诗集写序，我欣然答应。我与漆斌先生相识于桃李文化传媒集团，是知己文友。漆斌先生酷爱文学创作，尤其擅长创作格律诗。他有着扎实的文学功底，以及儒雅的文学气质，文若其人，诗如人生。

《枯木逢春》诗集中，有漆斌先生近几年在全国各地纸媒与网络文学平台陆续发表的格律诗、词及散文诗三百余首。漆斌先生的诗意新颖，词意流畅，既有唐诗宋词之韵味，又有现代诗词之风格，颇具文学大家之风范与气度。

漆斌先生的诗歌作品，主题积极上进，富有时代正能量。以清新优雅的诗句讴歌新时代，赞美自然四季、花草树木，歌颂人生美好岁月，启迪人们心灵。“枯树凤凰鸣，樱花今又生。虽开两三朵，再把小城倾。”为了倡导创作格律诗，继承和发扬中华五千年灿烂文化，漆斌先生潜心研究格律诗，并认真创作格律诗，虽是诗坛万千诗词佳作中的“两三朵樱花”，但足已“再把小城倾”。

“不学诗，无以言。”学诗可以使人灵秀，情飞扬、志高昂、语言美。文化是一种气质、一种自信，是一个人、一个民族精神的彰显。诗歌是中华民族的优秀传统文化，没有高度的文化自信，没有文化的繁荣兴盛，就没有中华民族的伟大复兴。

漆斌先生的诗词来源于社会与生活，题材广泛，通俗易懂。特别是反映军旅生涯的诗词，深得部队官兵喜爱。现任某部空军政委的于忠福战友，认真拜读了漆斌先生的诗集《枯木逢春》，深受感染，非常佩服，赞叹道："诗和漆斌战友的人一样，很有内涵，也想起了漆斌战友厚道真诚的为人做事风格。"真是诗如其人，高风亮节！

腹有诗书气自华，胸藏文墨怀若谷。漆斌先生满腹诗书不自傲，待文友真诚，宽厚仁慈，虚怀若谷。读漆斌先生的诗词，会很快吸引住读者，"与君初相识，犹如故人归"，真有点相识恨晚的感觉。广大读者通过阅读他的诗集，一定能有意想不到的惊喜和收获。

愿读者与诗握手，活出自己的诗与远方！

2022 年 8 月 23 日

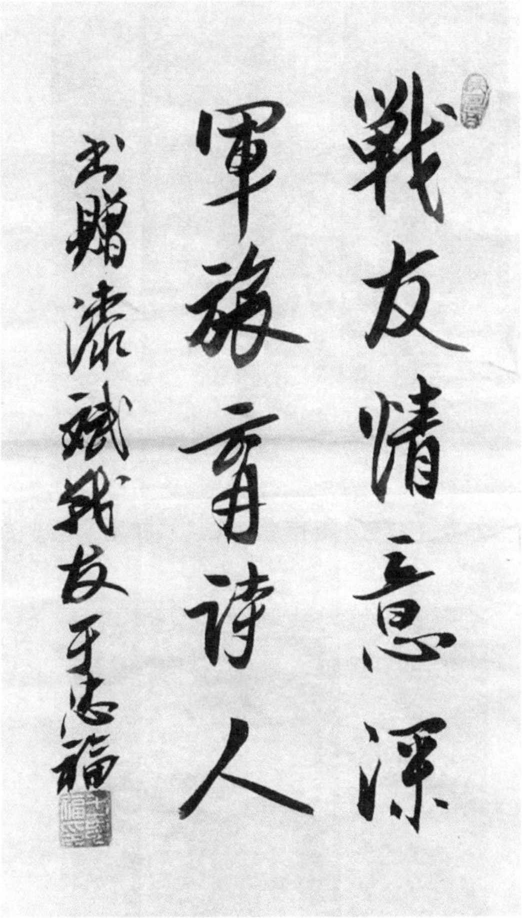

原空军政委于忠福书赠

雕刻师叶先勇（左 1）与作者（右 1）在宽窄巷子合影留念

与书画家聂曹友在人民公园合影

书画家聂曹友书赠

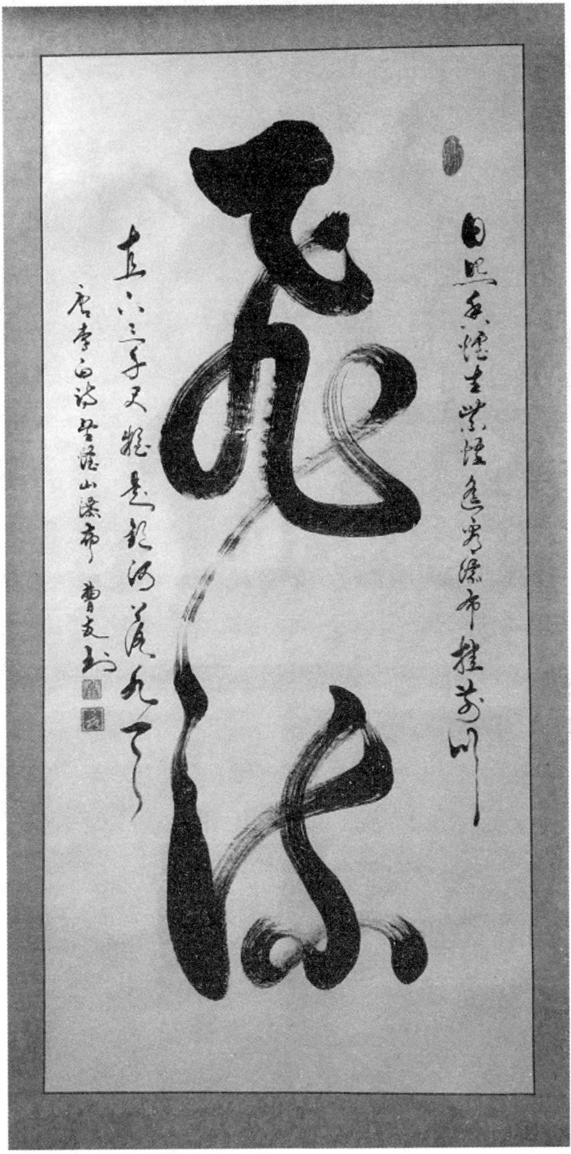

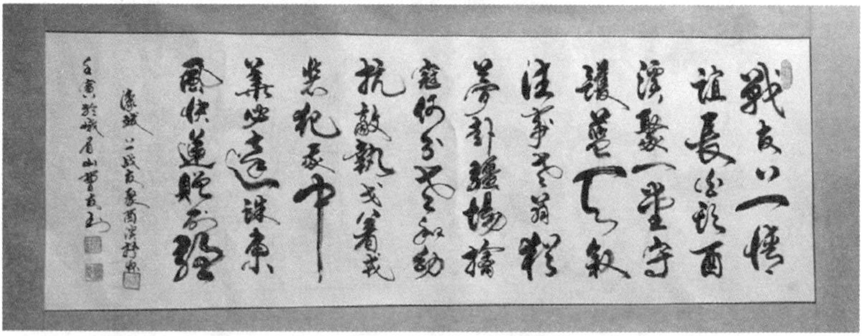

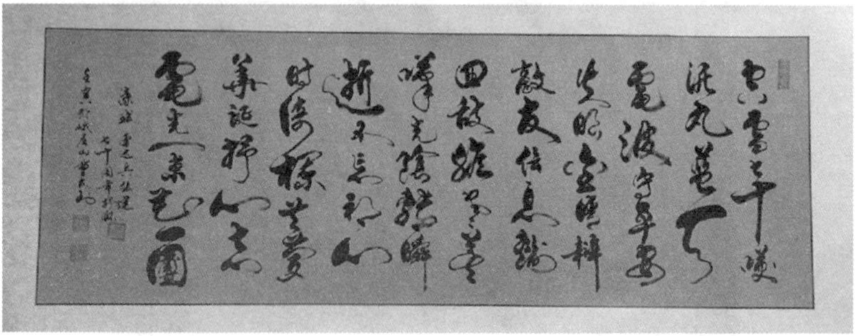

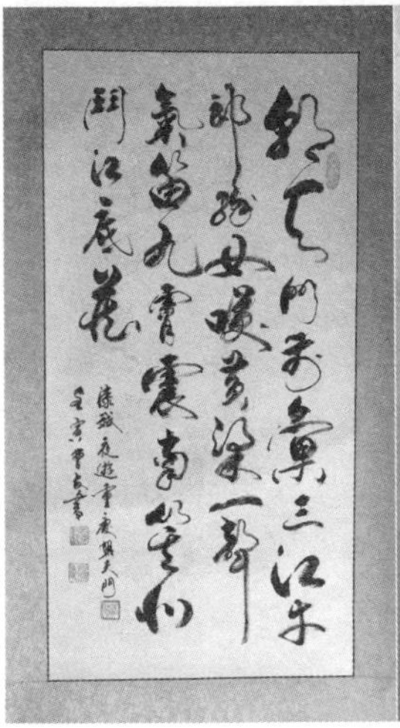

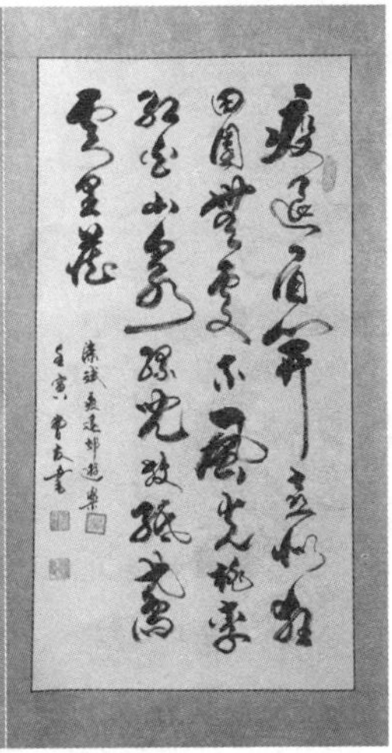

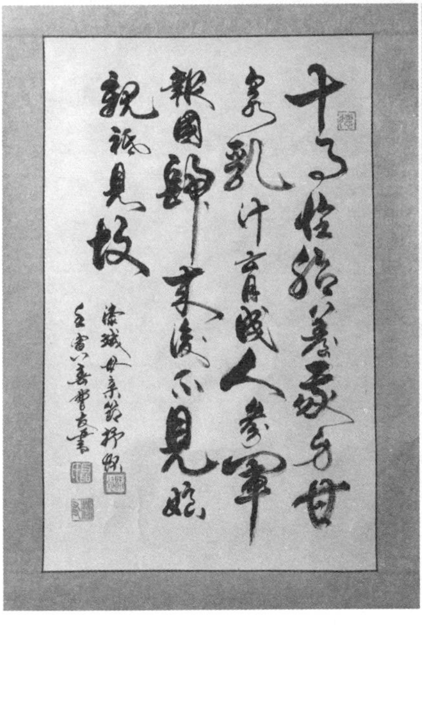

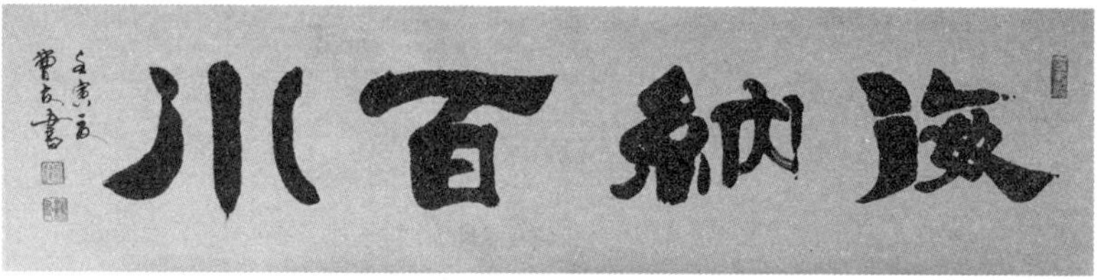
海納百川

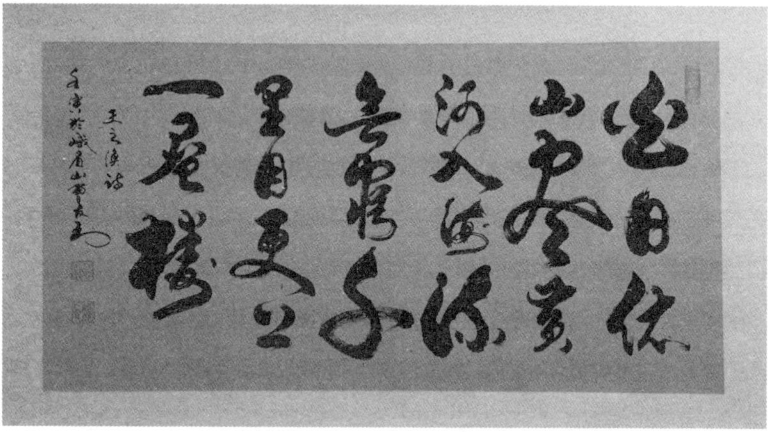

作者荣获的证书奖状

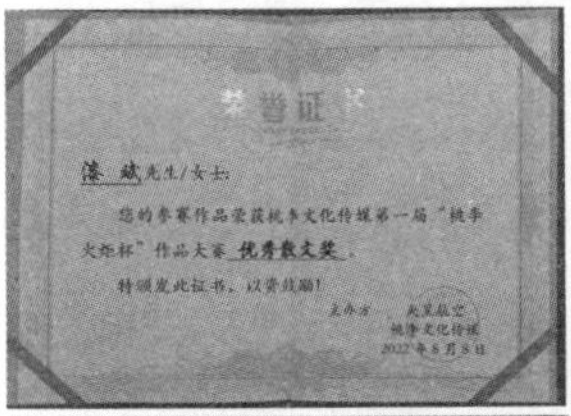
荣誉证书
漆斌先生/女士:
作品大赛优秀散文奖。
特颁发此证书，以资鼓励！
主办方
桃李文化传媒

桃李文化传媒2021年第三届天昱航空杯
作品暨朗诵大赛颁奖典礼
获奖者
漆斌

荣誉证书

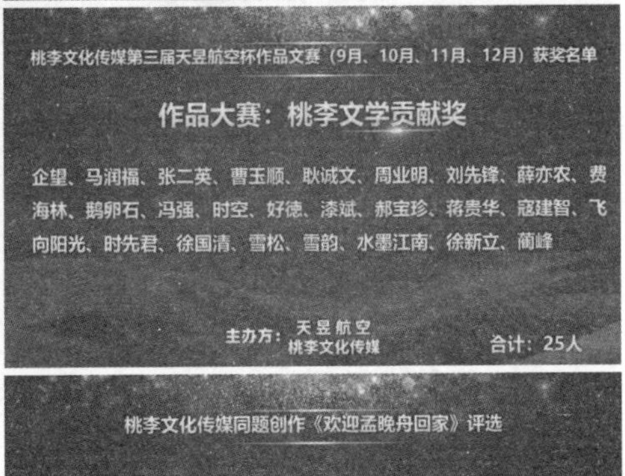
桃李文化传媒第三届天昱航空杯作品文赛（9月、10月、11月、12月）获奖名单
作品大赛：桃李文学贡献奖
企望、马润福、张二英、曹玉顺、耿诚文、周业明、刘先锋、薛亦农、费海林、鹅卵石、冯强、时空、好德、漆斌、郝宝珍、蒋贵华、寇建智、飞向阳光、时先君、徐国清、雪松、雪韵、水墨江南、徐新立、蔺峰
主办方：天昱航空
桃李文化传媒
合计：25人

荣誉证书

荣誉证书
CERTIFICATE OF HONOR
漆斌 先生/女士:
您在桃李文化传媒同题创作《欢迎孟晚舟回家》征文评选中获得:"三等奖"
特发此证，以资鼓励！

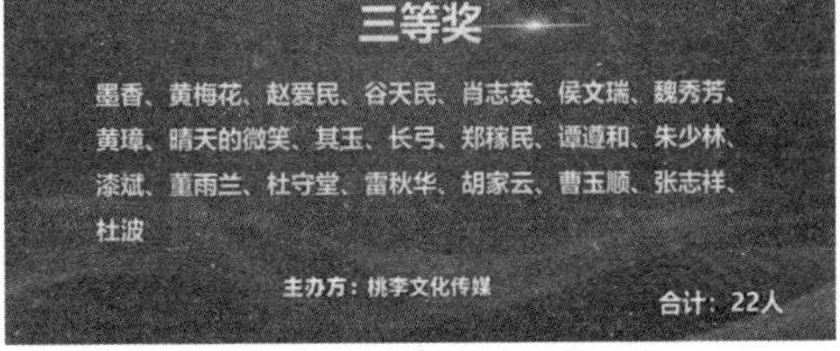
桃李文化传媒同题创作《欢迎孟晚舟回家》评选
三等奖
墨香、黄梅花、赵爱民、谷天民、肖志英、侯文瑞、魏秀芳、黄璋、晴天的微笑、其玉、长弓、郑稼民、谭遵和、朱少林、漆斌、董雨兰、杜守堂、雷秋华、胡家云、曹玉顺、张志祥、杜波
主办方：桃李文化传媒
合计：22人

目录

枯木逢春

枯树凤凰鸣，樱花今又生。
虽开两三朵，再把小城倾。

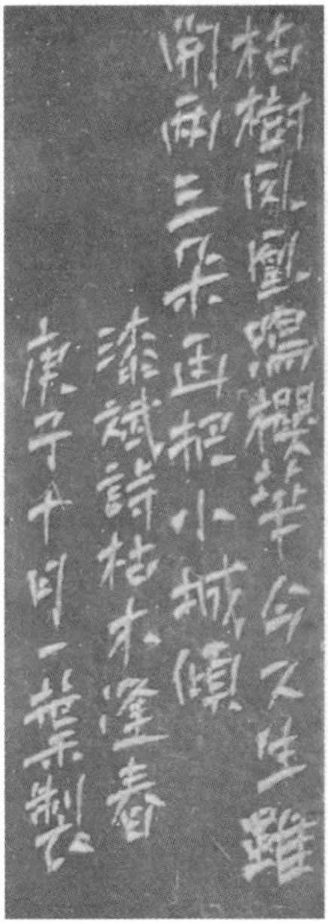

篆刻家叶先勇刻赠《枯木逢春》

作者摄：樱花

梦春

晓梦群芳弹指开，轻歌曼舞下天台。
香飘万里关山醉，谁点朱唇越女腮。

春归

春雷一记绽东风，柳绿花红碧水中。
燕子翻飞衔杏泥，凤凰三匝恋梧桐。

踏春乐

冬去春来心渐宽，郊游空旷处处鲜。
桃红李白赏不尽，无限春意上眉尖。
低头寻绿草带露，仰视碧空月正圆。
雄鹰驾云呼啸过，儿放纸鸢入云间。

踏春感遇

春风拂面好耕耘，陌上飞来白鹭群。
步态轻盈追逐戏，亲唇吻颈难离分。
顽童忽挽弹弓射，受吓腾身乱纷纷。
劝说少年怜百鸟，抬头仰送影藏云。

春咏

鼠年春晚备耕忙，莫因懒惰误农桑，
扶犁催牛耕沃土，为国分忧多产粮。

感遇

窗外凌云竹一丛，新开芦荟碧桃红。
白云舒卷翩跹去，北斗南箕濯水中。

春日农家

朝阳照万家，绿水惹归鸦。
雨洗秧苗嫩，农夫笑口夸。
留行三尺距，稻荫养鱼虾。
煮酒邀亲友，推杯送晚霞。

雨湿桃花且莫愁

轻风细雨湿枝头，眉锁桃花点点愁。
曼舞黄蜂唱蝴蝶，云开日出乐悠悠。

春日郊游

桃花带露笑朝阳，南雁归来一字长。
绿水东流歌锦鲤，樱桃摇曳色新黄。
琵琶慢捻迎青鸟，白鹭黄莺唱九章。
心醉群芳归夕落，三更梦里说天香。

踏青

心醉魂牵绿草坪，撑篷帐外白云生。
佳肴卤菜佐凉面，玉笛箫声伴鸟鸣。

雨濯槐花玉润身

蒙蒙细雨涤轻尘，满目槐花玉润身。
扑鼻清香系魂魄，云开日出味尤醇。

感遇

碧桃红杏两相争，雨濯春山百鸟鸣。
悦耳赏心黄口早，书声起伏司晨惊。

小满抒怀

雨润山川绿大千，莺飞草长月高悬。
牛郎织女肝肠断，几载相思托水连。

一夜春风万树花

一夜春风万树花，
催开细柳发新芽。
抛丝钓得肥鱼美，
煮碗佳肴醉晚霞。

春草

春来翠绿自成仙，雨润含羞泪水涟。
脆弱谦虚生命旺，繁荣四季遍山巅。

归途感怀

蓝天北雁行，破晓鸟啼鸣。
岸柳垂丝钓，鱼追水月明。
鸳鸯沙上睡，触景易生情。
远眺归乡路，驱车赶日程。

立春有感

【一】

大地春回百草生，蛟龙蛰伏盼雷鸣。
枝头小鸟欢歌唱，绿柳垂丝钓月明。

【二】

鼠尾牛头又立春，寒梅退尽杏花新。
桃红绽放香椿茂，雨润江堤遇友人。

幸福湖畔幽梦春

昨夜东风秀杨柳，乡关入梦惹人愁。
凭栏远眺春衫湿，弯月呼来作小舟。

醉春

昨夜春风送雨神，花开满树醉游人。
枝头新色撩蜂蝶，翠柳垂湖映月轮。

踏春感怀

东风化雨润枝头，携友呼朋结队游。
蝶伴蜂追香万里，莺歌燕舞醉千秋。
同行泥道乡情在，共度春光岁月留。
踏遍青山人未老，夕阳无限乐悠悠。

春游感怀

桃红李白满园春，自赏芬芳卉蕊珍。
蛱蝶寻香飞万里，蜻蜓觅影跃千寻。
山川绘画迷归路，日月吟诗醉客人。
旷野蓝图收眼底，挥毫且抒与君呻。

春咏

水暖春江鸭自知，桃花杏李竞妖枝。
清香惹蝶蜂飞舞，落入心田吻蕊痴。

伤春

花开水暖又东流，自古人生苦索求。
曲径登高呼北雁，残红一瓣寄乡愁。

画堂春·春愁

春光无限惹人愁。桃花香绕琼楼。岭南明月照千秋，摇动心舟。
飞鸟囚笼身困，深闺眉锁风流。倚门望断面含羞，渔火幽幽。

春日感怀

春催雨洗海棠红，日暮霞辉戏牧童。
绿柳轻摇惊白鹭，天低落雁卧残虹。

五月乡村绘彩霞

五月乡村绘彩霞，催牛垄上把田耙。
抛秧落水黄汤乱，退步弓身黑影斜。
旷野苍山鸣布谷，柴门青眼揖桑麻。
农家醉美如仙境，满目蜂追蝶舞花。

人间四月天

绿遍山原白满天，春风处处动林泉。
秦川麦染青盈路，旷野杨垂锦簇连。
插稻呼儿蚕茧顾，催牛唤鸭犬声怜。
偷闲品茗无拘束，莫笑村翁石上眠。

池上

绿叶满池塘，蛙声水底扬。
童心抛石掷，捉蝶戏蜂狂。

童子与知了

暑天知了鸣，心事任人评。
总角争贪玩，三公怜夜莺。
髫龄知了捉，凄惨髫年惊。
恻隐童心起，投林脚手轻。

立夏感怀

立夏骄阳照故乡，
禾苗雨润果初黄。
杨梅李杏成佳品，
满巷穿梭小货郎。

月中吴刚寂寞仙

辛勤酿酒揖婵娟，千古吴刚一小仙。
无奈晨昏疲不息，心仪荧火舞翩跹！

八月桂花香

八月桂花处处香，巴山秋水醉流光。
龙门鱼跃蛟龙化，驾雾腾云不收缰。

秋风唤起游子情

微风细雨踏征程，万里飞花落叶轻。
大雁南归鸣寂夜，悲声唤起故乡情。

秋景悲吟

秋风瑟瑟摧花尽，细雨绵绵引愁氛。
满树红花随泪去，轮回梦醒惊世人。

题图诗 · 秋思

半倚门扉眼欲穿，情牵两地夜难眠。
鸿书又托无音讯，满腹愁肠伴泪涟。

闺门秋思

水畔阶梯树伴家，虹桥倒影夕阳斜。
轻舟慢棹清波远，一首诗愁付泪花。

秋游抒怀

青山水底中，酒馆遇仙翁。
翠竹楼台伴，醍醐杏面红。
秋风描彩画，旷野宿归鸿。
满眼原生景，炊烟绕树丛。

秋分别离情

微风送爽起征程，细雨敲窗伴鸟鸣。
远客闲居无睡意，依衾拭泪盼黎明。
蓉城一别他乡路，沪泞遥遥断隔情。
一纸家书千里信，寥寥数语慰平生。

篆刻家叶先勇刻赠作者名

霜降感怀

归鸿一路向南方，塞北天低瘦菊黄。
桂魄芳香墙外溢，清晖满洒晚风凉。

秋韵

翠柏红枫映晚霞，秋风夜雨入谁家。
韶华易逝随流水，落叶纷纷化作沙。

感怀·秋韵

凉风习习锁眉尖，
淡淡愁云别绪添。
远眺金黄千万里，
弯腰稻谷笑声甜。

立秋·山村即景

蝉鸣鸟语乍悲哀，季换秋风送雨来。
稻熟归仓收拾尽，催牛播种莫徘徊。

仲秋抒怀

壬寅两节喜相逢，桂魄馨香满巷浓。
月洒清辉游客醉，依窗祈福露芳容。

秋风落叶黄

秋风细雨淡梳妆，远眺天低落叶黄。
桂溢清香飘万里，归鸿塞北向南方。

观凌源初雪有感

【一】

北国初寒万里银，凌源白雪岭无尘。
蓝天接地无飞雁，旷野平川一夜新。

【二】

雪舞寒风夜叩窗，青山素裹着银妆。
炊烟绕树农家早，又送孩童进学堂。

【三】

轻扬柳絮上高楼，一夜狂欢入九州。
痛彻肌肤冰骨髓，何须染白美人头？

蓉城夜雪感怀

昨夜雪花飘，鹅毛挂树梢。
青山披白发，大地尽妖娆。

赏雪有感

凛冽寒风刺骨霜，专寻袖口入心房。
游人颤栗无佳句，冻裂红唇返故乡。

千村扫雪忙

寒风起上苍，万树结冰霜。
大地银装裹，千村扫雪忙。

稚童赏初雪

瑞雪到蓉城，
稚童进学营。
师生一同赏，
满校尽欢声。

蓉城初雪有感

【一】

蓉城昨夜雪花飘，
刺骨寒风又发飙。
道路冰封车堵晚，
薪酬扣减内心焦。

【二】

瑞雪催梅舞劲风，
梨花蕊放兆年丰。
邀朋品茗楼台会，
煮酒围炉话兴隆。

童心玩雪

手搭凉棚问上苍，鹅毛落掌化冰霜。
温柔变水穿流滴，入地无尘镜面光。
喜笑飞奔欢乐去，轻歌曼舞送声扬。
疯狂玩雪山坡上，踢踏抛球作赛场。

观雪感怀

琼花昨夜落山巅，
雪白平川岭断烟。
远眺江河飘玉带，
霞光万丈耀天边。

立冬有感

树木逢冬叶入尘，巴山蜀水总伤神。
邀朋赏菊吟诗赋，满眼黄花带泪闻。

昨夜雷雨猛

雷声阵阵夜无眠，大雨倾盆天地连。
一片汪洋羞泽国，千帆竞发白云边。

暴雨洪灾乐山冲

大雨倾盆天地冲，三江滚滚起蛟龙。
乐山大佛惊魂魄，洪水咆哮佛脚封。

夜雨感怀

昨夜雨随风，今朝染树红。
香魂遗满地，眼泪落花丛。
石径崎岖路，黄鹂捕草虫。
梁檐巢穴筑，哺育尽初衷。

观武汉暴雨感怀

浩浩洪流到汉阳，
滔滔暴雨助疯狂。
飞奔万里卷枝叶，
旋转翻腾把岸伤。

昨夜电闪雷鸣有感

昨夜雷神闪电威，
今晨遍地叶飘飞。
乌云密布凉风起，
已觉秋蝉岁月微。

遇暴雨感怀

天边阵阵响雷声，转瞬风来大雨倾。
树影狂摇光一闪，窗帘化蝶鸟魂惊。

高楼筑鸟巢

借你檐墙筑一巢，遮阳蔽雨唱歌谣。
春来啄食培雏幼，共住高楼乐相遥。

见百鸟朝凤

神话凤凰尘世降，百鸟环绕献殷勤。
千年难得真容见，托雁挥毫书白云。

题图诗

佳人半坐盼郎君，粉色腮红眼带春。
苦等通宵人未见，清晨满面泪沾巾。

江边笛声扬

江风拂面唱华章，玉笛谁吹青眼望。
曲尽梅花满天舞，南来大雁沐春光。

雨中惜别

晨练雨丝长，相逢欲断肠。
思深两无语，垂泪浸流光。

残红入夕阳

东篱秀菊香，峻岭满山黄。
落叶随风去，残红入夕阳。

观瀑布有感

银丝泻九天，瀑布变成川。
日夜欢歌去，奔腾入海颠。

轻舟幽渡

谁家小女山歌唱，破雾穿云仍绕梁。
几度寻伊皆不见，茫茫人海把身藏。

碧空残月抚琴唱

独抚瑶琴伴月光，轻歌曼舞夜风凉。
蛙蝉合唱苍穹碧，一曲红尘客泪伤。

观先勇篆刻黄鹤楼有感

登楼访鹤仙，远眺白云边。
篆刻留千古，铭文艺海巅。

纂刻家叶先勇刻赠《黄鹤楼》

一夜狂风万叶飘

一夜狂风万叶飘，
枯枝怒发指云霄。
黄金满巷成忧梦，
化作寒霜伴月娇。

观浓雾有感

雾锁蓉城掩小溪，山楼隐没鸟声凄。
窗前景物云缠绕，旷野丛林白鹭栖。

霜冻有感

携风驾雨到神州，
万树千村笑点头。
峻岭青山生白发，
江河断水冻轻舟。
天边美景如诗画，
旷野挥鞭逐马牛。
放牧童谣歌颂党，
民安国泰乐悠悠。

初三成都大雾有感

大雾锁蓉城，朦胧鸟雀鸣。
轻纱千树掩，碰面始方惊。

无题

深秋百鸟愁，
雾绕蔗田悠。
竹下拴牛犊，
渔夫系晚舟。

无题

细雨天天下，
山峰日日新。
飞流归大海，
月落入红尘。

观南湖鸟翔

南湖翔百鸟，
夜宿竹林礁。
日出寻虾走，
惊飞入碧霄。

竹筏浣纱女

碧水青山幻影斜，
浮云缥缈似轻纱。
沉鱼落雁西施貌，
闭月羞花倩女夸。
借问谁家闺字秀，
香妃独坐钓流霞。
清江倒映千峰美，
雾霭天低伴暮鸦。

题抚仙湖日出

旭日东升爬上天，
霞光万丈抚湖仙。
遥看水面鱼波起，
隔岸惊飞白鹭眠。

钗头凤·垂钓翁

披星走，江边守，钓翁抛线垂钩候。浮标诱，提竿有，满收渔篓，晚归邀友。酒，酒，酒。

情浓厚，香醇就，举杯常醉身如柳。扶墙吼，颤声抖，今生虚度，梦游苍狗。佑，佑，佑。

题垂钓

偷闲甩一杆，独坐钓鱼欢。
绿水浮标动，辛勤获美餐。

荷塘

手托朝阳灿，莲摇绿叶黄。
蛙声惊白鹭，影动戏鸳鸯。
一点流星雨，千条翠柳扬。
游鱼询访客，醉酒慰愁肠。

赞白玉兰花

赞公名德冠朝端，
白首青云自屈蟠。
玉系金貂留帝座，
银袍宝带照侯官。
兰茗岁晚香犹好，
梅萼春前信已残。
花底黄莺迁别树，
依然飞舞过长安。

咏白玉兰花

赞尔仙姿身洁净，
倾城傲骨满枝春。
银苞白蕊蜂缠绕，
一树梨花似女神。

咏白玉兰

赞尔仙姿晓梦残，含羞朵朵满枝盘。
蜂追蝶恋肌肤美，似雪冰清白玉兰。

无题

清香一缕远凡尘，酒醉成仙梦里人。
李白常赊诗万首，同邀月饮跨千轮。

见桂花飘落一地有感

桂花巷里百花残，
朵朵馨香退绿坛。
点点黄金成梦幻，
人生往事忆心寒。

观金银双桂有感

金银桂树竞芬芳，
七百年来住小庄。
枝茂花香开满院，
风飘万里进千乡。

观龙爪菊

雾锁黄花秀发扬，含羞默默附东墙。
清香扑鼻随风远，又上寒宫月化霜。

作者摄：龙爪菊

观菊展有感

【一】

蓉城菊展现公园，耀目奇形各自然。
万绿花丛寻韵事，诗词墨客赋佳篇。

【二】

昨日游园赏菊忙，今晨梦里语留香。
填词菊海寻新语，作赋谋诗伴韵扬。

【三】

黄花带露蕊苞放，默默娇娘各显芳。
待客东篱羞涩会，含情脉脉溢清香。

南山瘦菊黄

窗前芍药香，
惹蝶入心房。
绿野飞残叶，
南山瘦菊黄。

咏菊

千山瘦菊扬，万里溢清香。
醉卧凡尘客，黄粱化蝶忙。
年年花似锦，岁岁傲寒霜。
愿与红梅共，秋冬济八荒。

咏柳

一湾碧水濯流光，面水梳妆秀发长。
非是东风翠帘卷，柳荫谁信抱鸳鸯。

柳丝陌上挥

东风作势雪花飞，
老柳抛丝陌上挥。
秀发沉江钩日月，
追鱼野鸭浴斜晖。

梅花只盼知音来

凌霄白雪上头来，独雁南飞伴笛哀。
远眺山川穿眼过，寒梅傲雪待春裁。

寒梅傲雪蕊心黄

寒梅傲雪蕊心黄，
叶伴枝头朵朵香。
小鸟飞来瞧仔细，
鸳鸯戏水喜徜徉。
孩童闹摘追娘问，
老妪挥毫画夕阳。
绿柳抛丝弯月钓，
青山入目映湖光。

咏梅（一）

雪压梅枝笑口开，含苞待放惹蜂来。
清香扑鼻游人醉，一缕芳魂梦可哀。

咏梅（二）

寒梅绽放惹蜂狂，
蕊粉粘身作蜜糖。
满树花开春意暖，
清香一缕出东墙。

问牵牛花

半着篱笆半托腮，含羞朵朵向天开。
清香袅袅随风去，仙客缘何尘世来？

作者摄：牵牛花

牵牛绕茄结为伴

处暑秋茄美味鲜，牵牛作伴两无眠。
黄蜂紫蝶东邻去，织女垂头月半圆。

石榴

眉开眼笑世无双，傲立枝头望八方。
玛瑙心怀红血色，落花时节醉流光。

写意三角梅

叶片三张鹰隼羡，凌云志在信天游。
恨无双翼长空击，心火燃烧上高楼。

作者摄：三角梅

咏桃

小院春来早，桃花带醉羞。
探头墙外望，芳草绿荒丘。

连连细雨听蛙声

连连细雨蛙声近，鸟去丛林已静音。
蟋蟀蝉歌无处有，留言处暑上高林。

雨夜蛙鸣

缠绵细雨伴蛙鸣，夤夜声嘶神鬼惊。
多少冤情无解处，泥丸处处是秦坑。

咏银杏树

春来披绿纱，气浩任人夸。
霜重欺银叶，化泥肥百花。

银杏·秋黄

淡紫交加满殿秋，
黄花欲竞又含愁。
寒风落尽千枝叶，
雨洗谁怜大秃头。
本想同杯斟御酒，
依然伴月下琼楼。
天工若等蟠桃宴，
且送清香到九州。

赞银杏树

浅种银桑破土栽，
金黄杏到桂园来。
寒霜换季非吾意，
冷冻盈簪属此材。
挺拔腰身天地岭，
根生沃野上蓬莱。
谁怜有志成街景，
那比胡姬奏乐哀。

咏蜜蜂

曼舞花丛逐大千，采花酿蜜意缠绵。
心怀黎庶肝肠苦，直把青春为众捐！

白鹭

飞来白鹭落池塘，碧水蛙声奏乐章。
一尾清波鱼跃起，腾空远去把身藏。

出水芙蓉

出水芙蓉抬眼望，炊烟袅袅柳丝长。
鸳鸯戏水桃花笑，燕啄杏泥缠绕梁。

悼蝉

未抱高枝上酒场，闻香不惜进厨房。
金樽美酒君相伴，香气绕梁回味长。

莲花

出秀莲塘朵朵香，斜阳绿水着红妆。
轻舟把酒花丛醉，但愿壶中日月长。

稻香醉人

出秀稻香情满川，农夫笑指白云边。
弯腰俯首丰登日，定是花红月正圆。

柚子

满树花香蕊着床，黄蜂紫蝶绕新房。
银针粒粒酸甜献，口感醇真美味尝。

血染枫林似火燃

血染枫林似火燃，秋风入夜雁声寒。
谁携细雨敲桐叶，一曲笙箫扰梦圆。

题图诗·蜘蛛

银丝织网诱鸣蝉，阵地坚持猎物圈。
各色飞虫双翅断，谁来照样命归天。

题图诗·海鸥

展翅蓝天旷野寻，斜冲入海把鱼擒。
凌霄俯瞰生灵动，一跃飞身利爪临。

题图诗·和韵旗袍

娇姿秀出蛮腰小，侧影温柔颜色姣。
款款金莲轻起舞，含情脉脉赛双乔。

乡村柿子无人摘有感

满树柿彤红，秋天景不同。
无聊归鸟啄，熟落去匆匆。

乘动车有感

归心似箭返银城，两岸青山夹道迎。
满岭红枫追日灿，蓝天鹤影向南鸣。

乘动车所见

皑皑樱花若白云，含羞默默助耕耘。
秧苗翠绿农夫扯，整地呼儿赶鸭群。

咏牛

耕田问世伴晨昏，
尽力躬身苦自尊。
献乳残躯无所用，
辛勤夙愿谁能闻。

如梦令·咏牛

词林正韵（后唐庄宗体）

晨起耕田犁地，劳又挥鞭催势。累歇柳林堤，归去水流东逝。飞逝，飞逝，埋入草丛谁祭？

咏松

绝壁有青松，
枝繁向太空。
常年风雨洗，
立志斗苍穹。

观银叶贴画有感

贴画娇娘小叶黄，题诗寄语盼情郎。
含羞洒泪芳心动，一夜衾凉冷似霜。

抚琴起舞

手抚瑶琴起舞翩，孤芳自赏逝流年。
沉鱼落雁君常伴，一夜归来万里船。

咏梨花

梨花白嫩宛如雪，铁骨伸头绿叶新。
七朵同心成姊妹，枯干焕发又迎春。

寻芳·樱花

樱花怒放新枝摇，十里春风满树娇。
赏景寻芳何处去，清溪古镇那边瞧。

旧燕归家

展翅归来百姓夸，除尘觅食育雏鸦。
千山万里飞翔越，冬去春回恋旧家。

枫林美（一）

枫林尽染红霞美，
洒向高枝似火燃。
一片烟云迷幻境，
寻踪造访问秋天。

枫林美（二）

凝似红霞染树丛，
春秋两季一般同。
如诗美景谁描绘，
妙手丹青画彩虹。

咏古树冷杉王

千年古树冷杉王，
饱受风霜万劫尝。
苦海沉浮多变幻，
依然翠绿把名扬。

咏皂荚树

皂荚逢春四百年，
枯荣历练记心田。
沧桑变幻无常事，
傲立街边独自然。

咏芦花

似雪温柔水畔生，
随风荡漾到江城。
渔舟煮酒波涛涌，
宿鸟归来唱晚晴。

白鹭隐云庭

蒹葭水畔乱浮萍，
翠柳堤边白鹭停。
偶唱渔歌惊远去，
腾飞直上隐天庭。

咏团扇

团身曲意侍娇娘，入夏轻摇透骨香。
一缕清风驱酷暑，温柔数点注心房。

咏海棠红

满树红花似火红，含羞带露赛貂蝉。
香魂一缕君陶醉，雅韵千份我自然。
赏景海棠逢雨润，亲唇入目意缠绵。
春来翠绿风姿秀，野岭荒山鸟雀怜。

银城过小年

樱花怒放梅争艳，飞艇翻飞迎鼠年。
莫道银城九州小，岳池大米醉天仙。

过小年

除尘送灶神，洒扫焕然新。
祭祖焚香敬，天庭面圣人。

挂灯笼有感

灯笼悬树梢，
夜战搭通宵。
喜庆牛年乐，
除魔幸福招。
神州春气暖，
大地露新苗。
万户门符换，
笙箫满屋飘。

年味

春临细雨游人泪，远客归来饮一杯。
满桌佳肴倾玉液，推杯换盏夜方回。

高阳台·牛年新春有感

词林正韵（刘镇体）

初一骄阳，春光灿烂，蓝天归雁翩翩。千户炊烟，神州同贺新年。燃鞭炮礼花飞窜，上云端，声震云天。祝金牛，诗赋词联，春满人间！

鸳鸯戏水终欢处，暖丘沙滩浅，谁把情牵。倾吐心田，人生归去何年？无暇歌舞笙箫处，酒杯残，明月光寒，愁肠断。凄楚频添，余恨无眠。

新年感怀

新年早起床，
送水敬爹娘。
绕膝儿孙乐，
全家笑满堂。

过年好

天天酒入肠，米粒未曾尝。
品茗诗词赋，离乡泪两行。
家山千万里，牵挂是爹娘。
挥手回头望，归途路渺茫。

除夕感怀

虎啸欢腾送丑牛，通宵爆竹使人愁。
烟花震耳冲天去，一夜春风遍九州。

寄虎年

岁末辞牛入虎年，青丝转瞬雪花鞭。
千村奏响耕耘曲，大地春回万树燃。

除夕驱车返乡感怀

轻车载梦返银城，一霎心飞万里程。
四野寒梅迎雪放，千山细雨沐春晴。
门前喜贴红联灿，院内争燃爆竹鸣。
彻夜围炉皆不寐，家家守岁到天明。

元宵节感怀

元宵又别去挣钱，
白发青丝两处牵。
养育恩情谁报答，
孩童忍寄父身边。

元宵报声忆郭刘

发报声声忆郭刘[①]，
元宵节日伴君游。
军营结谊初心在，
好梦情怀泛海流。

注释：

①郭刘：地名，在湖北省钟祥市冷水镇，曾是某团驻地。

情人节感怀

曾经誓约在今朝，
柳荫依偎又撒娇。
石凳甜言情未尽，
湖边踱步手缠腰。

三·八妇女节有感

成婚伴侣善持家，拱手笑献玫瑰花。
贡献青春育儿女，辛劳俭朴敬杯茶。

清明祭祖

思亲儿泪倾，顶礼烟云熏。
纸币成蝴蝶，翩跹绕祖坟。

清明祭祖

清明又去祭先人，遍野焚香果品新。
细雨纷飞天地恸，悲声处处向谁申？

清明祭祖坟

荒山念祭文，扫墓把香焚。
泪洒千江水，悲哀叩祖坟。
忠魂埋地下，屈膝跪愁云。
岁岁清明节，年年细雨纷。

年年细雨祭清明

谁垂泪水祭清明，雨洗匆匆赶路程。
杂草丛生寻墓地，焚香纸碟绕坟茔。

清明暴雨夜

清明祭祖雨倾盆，哭彻山川欲断魂。
敢教天公同此恸，霎时惊泪满乾坤。

上巳节抒怀

上巳郊游把梦圆，爬山涉水采茶鲜。
层层嫩叶寻尖摘，朵朵清香焙烙煎。
煮沸春江壶灌满，飘浮跳跃万君怜。
人生坎坷何如似，一盏香茶独自眠。

五一感怀

五一农家作客游，
无心品茗转山沟。
清溪瀑布飞流下，
坠入江河会九州。

悼屈公

怀沙抱恨汨罗江，鱼腹长眠白起狂。
正则雄才君未器，泱泱华夏几时强？

端午悼屈原（一）

每逢端午粽飘香，竞赛龙舟颂九章。
天问离骚醉华夏，神州雄起在担纲！

端午悼屈原（二）

年年悼屈公，泪洒向苍穹。
粽叶层层裹，抛江处处同。
龙舟人竞技，浊酒祭诗翁。
浊酒杯杯醉，灵均[①]入梦中。

注释：

①灵均：屈原的别称。

端午忆屈原

菖蒲艾草挂门旁，
芦苇芭蕉裹粽香。
每读离骚含恨苦，
灵均舍命谏怀王。

七夕（一）

两岸黄粱一水连，年年岁岁两情牵。
朝朝暮暮劳青眼，久盼鹊桥难入眠。

七夕（二）

惜别鹊桥珠泪连，何时聚首再团圆。
春花宜谢人宜老，揖手银河精卫填。

重阳相聚有感

九九今逢第一庄，归来畅饮觅诗章。
谈天叙旧家常事，又别谋生各自忙。

重阳节感怀

秋风瑟瑟拥衾凉，
远眺寒山瘦菊黄。
野岭枯枝芳退尽，
红楼梦断盼情郎。

庚子国庆中秋同日庆

八月飘香两节同，千年难遇一天逢。
神州喜乐齐欢笑，万树千村挂彩虹。

平安夜有感

平安祈福烟花亮，火树鸣鞭万户忙。
小巷龙腾狮舞夜，高楼品茗颂歌扬。
桥头热闹人欢笑，港口笙箫奏乐章。
圣诞通宵诗韵赋，民生幸福万年长。

夜游芙蓉园抒怀

满目灯光映射天，芙蓉秀色戏流泉。
嫣红姹紫娇姿艳，倩女翩翩鼓乐船。
总怨游园时太短，离开遗恨去何年。
闲时再约亲友赏，叙旧楼台榭醉眠。

重游芙蓉园有感

芙蓉暖日又郊游，水绕山丘绿树幽。
美景山珍留客住，歌声悦耳上高楼。

钗头凤·游宽窄巷

词林正韵（程垓体）

游宽巷，春心荡，窄街宽巷名声旺。楼衔接，庭双阙，雾迷晨径，掩门帘叠。切，切，切。

旌旗幌，茶坊上，少城都院邀朋赏。桃花靥，树飞雪，商家无数，喜添眉睫。绝，绝，绝！

赞宽窄巷文化街

闲居幽巷品茶香，
如织游人赏景忙。
四季风光文化路，
推窗尽览舞红妆。

泸沽湖寻旧

独自泸沽荡小舟，天蓝水碧云悠悠。
江中倩影追船走，岸上游人醉倚楼。
浴日鸳鸯交颈睡，浮云一片锁轻愁。
神仙若记前生梦，相约潘郎月下留。

赞泸沽湖水性杨花

繁星万点落谁家，舞影婆娑动态夸。
洒满泸沽湖面上，漂浮恰似水杨花。

游泸沽湖抒怀

泸沽翠苇荡轻舟，小岛循环醉客游。
水底云移归白鹭，天低落日卧沙鸥。

写意贵州小七孔卧龙潭

流光竹影撩王母，飞瀑千重难舍三。
才子佳人醉心处，云藏雾锁卧龙潭。

游内江玉皇观

夏日内江行，道观山气蒸。
玉皇尘世降，白云何日乘？

夜游重庆朝天门写意

朝天门前汇三江，牛郎织女笑黄粱。
一声汽笛九霄震，南箕北斗江底藏。

写意太公垂钓塑像

垂钓姜公湖畔望，严冬酷暑钓晨光。
心怀黎庶愁肠断，梦笑朝霞济八方。

游枣山金峰菜花节

风荡芦苇杨柳烟，金峰万亩菜花鲜。
红颜伉俪肖蝴蝶，豆蔻年华放纸鸢。

游东湖公园感遇

东湖水绿唱天鹅，烟柳垂纶钓碧波。
一叶扁舟白云载，几多锦鲤戏新荷。

抒怀三江口

滚滚三江扑面来，轻舟逆水上天台。
乐山大佛愁眉锁，肆虐洪灾万里哀。

春游寿安寺感遇

寿寺神灵久有闻，百里驱车雨纷纷。
闲时寂寞无香客，佛祖慈心似火焚。
昔日朝山人似海，今朝殿前雀成群。
平生世事谁能料？笑指昏鸦白日醺。

游广安玫瑰园抒怀

玫瑰启明发，香气贯千家。
紫蝶翩跹舞，黄蜂逐彩霞。
花开人似海，把酒话桑麻。
久久留连意，诗情秃笔夸。

郊游黄龙溪古镇

扁舟荡漾柳青青，带醉湖心钓月明。
细雨微风云一片，八方黄口读书声。
烹茶煮酒楼台上，海阔天空闻鸟鸣。
一线飞流七分盏，乾坤壶小泰山轻。

作客山村

青山抱幽石，春草绿泉生。
犬吠炊烟直，柴门含笑迎。

题先勇战友登双峰山

先勇登山鸟道悬，双峰远在白云边。
灵猿张目苍鹰赞，浩气霸胸方占先。

泛舟东湖

东湖水碧泛舟行，桃李争奇百鸟鸣。
锦鲤成双邀比目，白云深处柳烟轻。

观坪滩高低坑瀑布写意

喷金吐玉彩虹生，王母驾临心不平。
鬼斧神工胜美境，瑶池也好缺生灵。

人民公园荷花展

朵朵荷花朵朵欢，青丝白发竞相看。
湛蓝湖水涟漪起，绿绮相如带醉弹。

乘滑翔机空中看银城有感

云端俯首岳池看，豆大山峦广厦寒。
山色湖光皆入眼，寒江不如寸心宽。

游什邡大峡谷　庆“八一”抒怀

云缠雾绕进山门，百鸟晨鸣白发人。
峻岭崎岖登绝顶，青丝晓梦枕戈身。
群山夜寂松针响，蟋蟀不眠究何因？
什邡幽悠眠度夜，沧海变幻月明新！

古刹感怀

古刹幽幽沐佛光，木鱼敲得柳丝长。
晨钟暮鼓青灯在，说尽人间冷暖凉。

观先勇泥炉博物馆

泥炉取暖进千家，黄鹤楼边先勇夸。
手做泥模成博馆，留存后世济中华！

观兴文石海奇石有感

竹海幽幽细雨纷，绵羊化石结成群。
飞奔雀跃欢歌去，一路挥鞭赶白云。

观僰王山悬棺有感

绝壁有悬棺，商朝自始传。
千年民俗葬，万世永绵延。
又见王山僰，存尸逝者眠。
升仙崖上去，坐镇守戎边。

观竹林七贤抒怀

翠竹悠悠碧水流，常邀七圣伴郊游。
寻踪仙境多奇事，好梦醒来景色幽。

又见犀浦葬花女

昨日游犀浦，芙蓉满树发。
清香随细雨，酒后品红茶。
述说人生路，残红伴落霞。
蓝天云又起，黛玉葬怜花。

黄花峻岭抬头望

黄花峻岭抬头望，雾锁奇峰着素装。
一夜寒霜枫叶染，秋风化作菊花香。

游三岔湖有感

三岔湖边浅水滩，
红梅傲雪夜风寒。
青山倒映江心月，
一缕清辉锦鲤欢。

清晨故地感怀

秀发飘飘柳焕新，
梳妆照水对星辰。
清闲故地河边好，
舞剑腾身吐气匀。

青山翠柏隐农家

青山翠柏隐农家，鸟语炊烟送晚霞。
狗吠鸡鸣晨韵奏，情牵远客度年华。

瞻仰薛涛墓有感

才高八斗赛貂蝉，薛女奇文地下眠。
后世留名铭墓志，今朝拜谒泪潸然。

广安桃花节有感

桃花节日年年有，去岁今晨两不同。
嫩叶抽芽新上树，游人粉面醉东风。

应邀游青城山有感

老君高阁卷舒云，
再拜青城远啸尘。
旧友倾心茶一盏，
新朋联谊酒千巡。
登楼竹影摇明月，
入坐花香醉客人。
宝刹霞光飞彩凤，
朝阳殿里览星辰。

游黄龙溪廊桥感怀

黄龙古镇卧廊桥，俯瞰溪流十里遥。
牧马山前擂战鼓，东门射弩到西辽。

观蚌峨度假村有感

青松翠柏隐先贤，犬吠鸡鸣伴鸟旋。
旭日初升烟绕树，宜居度假养天年。

夜宿清溪·古镇有感

昨夜清溪留，梨花入梦幽。
今晨依旧艳，只有蕊香悠。
远眺山披雪，坡凹是绿洲。
崎岖魂欲断，赏景与谁游？

作者摄：梨花

游礼安古寨感怀

郊游到礼安，
古寨已寒酸。
昔日笙箫地，
今朝鸟雀欢。
青藤爬断壁，
杂草满墙残。
故道仍依旧，
孤松半倚栏。

观曹渔滩打鱼有感

万朵芦花逐雁飞，
千江月落伴鱼肥。
轻舟一叶归来晚，
踏遍惊涛撒网围。

游芦苇荡感怀

芦花深护碧溪潭，
荡里轻舟乱苇蓝。
水面惊飞鸿雁起，
山腰翠绿白鸦柑。
云藏古树高低影，
风递寒香远近岚。
野客游园天已暮，
渔歌晚唱话长谈。

登岳阳楼感怀

轻舟载客未成家，
独上高楼望落霞。
天地无情肠欲断，
江湖有恨自难拔。
登临多少人如蚁，
俯步闲游半杯茶。
莫倚栏杆归雁晚，
春风送我夕阳斜。

游青衣江感怀

未到青衣二十秋，
轻舟逆水客心忧。
归来夜雨敲窗响，
闪电惊雷美梦休。

漓江相思女

手衬香腮思绪频，漓江水暖度佳人。
千峰叠翠轻纱绕，万壑含幽雨洗尘。
瀑布奔流归大海，浮云转动吻楼唇。
桃源古景今何在，且把陶潜地下巡。

幽居农家

树隐农庄一色清，
青峰翠柏鸟啼鸣。
秧苗嫩绿无边际，
垄上梯田有限生。
月洒清辉梧叶瘦，
鸡随雁阵启征程。
悠然唤起渊明醉，
畅享丰年度太平。

赞龙坝岗休闲度假酒店

龙岗日出挂天边，
绿树休闲养老年。
吸氧楼台风景好，
悠悠避暑赛神仙。

钗头凤·文化公园品茗赏荷

词林正韵（程垓体）

凉亭畔，莲花绽，引来游客携家眷。池边柳，风招手，影移船动，碧波依旧。秀，秀，秀。

台阶现，鸳鸯倦，晒阳龟鹤呼同伴。廊桥口，抚栏走，娇娃争镜，舞姿挥袖。透，透，透。

梦游平湖抒怀

梦魂昨夜上天都，俯瞰苍山墨染图。
万朵浪花飞白鹭，千条翠柳走村姑。
惊涛拍岸奔流急，寂寞烟云绕岭途。
远送箫声琴瑟瑟，醒来美景忆平湖。

游天台山遇萤火虫抒怀

情人节日上天台，万点星光扑面来。
一闪飞临凝似火，虫儿照亮乐徘徊。

泊心湾度假村感怀

青山翠柏岛循环，一叶轻舟载客还。
度假休闲何处去，天蓝水绿泊心湾。

避暑花水湾感怀

避暑驱车雪岭游，清泉沐浴暖心头。
农庄蝶舞追萤火，万里无云鸟自由。

醉酒

昨夜贪杯把胃伤，今晨感觉心内慌。
端杯热水刚想饮，头重脚轻身后扬。

重阳漫步岳池东湖

东湖水碧跃鱼虾，
白鹭飞来落晚霞。
后垄[1]箫声飘万里，
廊桥树下走归鸦。

注释：

①后垄：指岳池县的后垄山，也叫凤山公园。

作者摄：瀑布

霸王别姬

春雷滚滚雨茫茫，项羽虞姬别绿窗。
自古豪雄挥热泪，干戈应息刎乌江。

爱心云天照

雄鹰亮翅跃苍穹，变幻遨游耀碧空。
弄羽翻飞云上舞，天心寂寞照寒宫。

感怀

煮酒唤东风，腾云上太空。
瑶台群宴饮，醉卧逐仙翁。

分梦

铁马飞驰穿峻岭，千山载阅入红尘。
人生醉梦何时尽，漏断残花叶自新。

读《红楼梦》感怀

因何炼石弃凡尘，故惹闲愁欲煞人。
读罢红楼无处诉，潇湘命绝自沉沦。

钗头凤·终身误

词林正韵（陆游体）

心揉碎，人憔悴，寄居篱下悲挨岁。亲情故，魂如露，毁诗焚赋，锦书谁著。恶，恶，恶！

今宵醉，成婚配，绛珠仙子常流泪。姻缘路，断肠去，终身虚度，把韶华负。误，误，误！

高阳台·抒怀

词林正韵（刘镇体）

细雨风狂，桃园树上，轻摇飞絮花香。似水流年，苦熬炖煮春光。难言知己容颜老，莫相忘、徒自悲伤。友同窗、携手归乡，头染如霜。

从军远去边防守，度峥嵘岁月，书写篇章。重塑人生，操戈驰骋疆场。看神州领航船舰，广寒宫、太空遨翔。抒愁肠、虚度时光，堪比商鞅。

夜雨感怀

昨夜微风送雨神，今朝满树挂晶莹。

离骚读罢鸣冤泪，洒向江河让海申！

自嘲抒怀

春风起舞自逍遥，恰似红颜美女娇。
欲摘桃花嫌手短，还攀叶密挂枝条。
谁人独醉堂前影，我之常吟月上邀。
空有凌云鸿鹄志，腾飞越岭待今朝。

感怀

推窗又见白云悠，野岭蝉声到九州。
犬吠农家迎远客，烹茶煮酒把宾酬。

看疯子说画感怀

携壶老酒进山林，
醉卧闲游抚古琴。
那管尘凡嘈闹事，
清茶半盏觅知音。

感遇

蓉城细雨送清凉，
慢步河堤翠柳扬。
小鸟追蝉鸣远去，
秋风落叶化泥香。

酒醉归家

每聚蓉城赌酒狂，
豪情万盏叩门忘。
归来寂静人沉睡，
梦里尤甜说故乡。

寻梦

追寻梦想苦争春？
皓首归来泪满巾。
膝下儿孙欢喜乐，
无成事业憾终身。

梦回三尖山[①]

山尖驻扎守平安，两载肩扛背篓官。
手握钢枪巡狩猎，心怀铁马坐云端。
蓝天已别千回梦，碧海犹逢万里欢。
八拐曾经军旅地，如今断壁变心酸。

注释：

①三尖山：湖北钟祥市的一座山。

观电影《长津湖》感怀

凌云壮志锁眉头，
玉砌冰雕震九州[①]。
抗美援朝歼劲敌，
军威铸就解忧愁。

注释：

①玉砌冰雕震九州：指坚守阵地被冻死的战士雕像震撼九州。

月夜遐思

脚踏昆仑手托天，
浮云似雾绕山巅。
千江落月寒霜夜，
梦断星河入大川。

观狗坐大轿上泰山有感

肥猫硕鼠太猖狂，
孝礼仪容尽扫光。
温饱弯腰抬狗轿，
财多贱世损天良。

有感川社古韵平台

川台古韵聚贤堂，四海精英蜀国商。
李杜平声皆有序，诗词历练铸文章。
龙腾虎啸宏图展，凤宿凰栖万里翔。
立志施才君赏识，忠诚处世远名扬。

昨夜停电有感

爬杆衫湿透，
送电解民忧。
室内如蒸煮，
街前等抢修。
天空明月挂，
地上皱眉头。
照亮人心暖，
风来似晚秋。

梦里返童

儿时心事谁来告？寻觅池塘打水漂。
信手躬身顽石掷，飞标踏水过江皋。
浪花串起玉环绿，击节欢歌寂寞消。
弹指青丝邀白发，黄粱梦里又垂髫。

思亲返银城

动车呼啸似龙腾，夹道青山竞跑迎。
满目芬芳云一片，思亲转瞬到银城①。

注释：

①银城：即广安岳池。俗称“金广安，银岳池”，因岳池盛产大米，故称银城。

回乡忆旧有感

翠竹倚茅堂，回乡忆旧房。
儿时同伴出，拄杖煮茶忙。
学艺离家去，归来泪满裳。
光阴霜雪染，别后到何方。

梦回童年过家家

躬身伏地过家家，
扶背抬头跨越他。
如今回首成往事，
今生虚度趣天涯。

重回四十八年前入伍地有感

少时故地今回首，雪染青丝尽白头。
最忆戎装欢闹日，还乡默默度春秋。

乡愁

乡愁一点泪潸然，母爱叮咛响耳边。
路口香樟依旧在，娘亲地下已长眠。
归来忆及年轻事，玩伴今逢少可怜。
鬓发如霜风写就，童询客化哪家缘？

儿童节忆童年

儿时趣事捉迷藏，
树下秋千笑我狂。
手托红腮心绪乱，
情思万缕暗生香。

游子返乡偶见

离乡背井去挣钱，
两袖清风故址迁。
旧宅平房今改建，
新楼大厦紧邻连。
开门偶见归来客，
闭户童询问使然。
党政扶贫奔富路，
山村店里品牌全。

返乡感怀

青丝一去许多年，
拄杖蹒跚步履前。
碰面孩童奔走告，
乡音未改泪如泉。

游子返乡

归来偶见满山红，
致富帮扶户路通。
旧貌村规楼宇改，
新房遍地党恩隆。

游子返乡偶见

昔日荒山改旅游，今朝故地建高楼。
村翁拄杖迎宾客，媪妪烹茶煮酒酬。
美味佳肴饕餮宴，盘装果脯品牌优。
辞呈又舍凉亭送，话别扬帆泪水流。

喜赴婚宴赞家乡

昨夜豪庭遇老乡，推杯把盏赞农桑。
梯田绿麦随风舞，垄上黄花遍地香。
赏景千山醉游客，痴情一里赋诗章。
欢欣日落归途晚，雾绕天低宿鸟慌。

母亲节抒怀

十月怀胎养我身，甘甜乳汁哺成人。
参军报国归来后，北堂花在亲难寻。

父亲节抒怀（一）

家严铁面爱如山，苦累艰辛白眼看。
身教言传儿女肖，传承美德保平安。

父亲节抒怀（二）

追求幸福莫蹉跎，
努力耕耘岁月磨。
手上频添劳作茧，
眉尖谱写皱纹波。
威严训子持家计，
博览群书抒圣歌。
立志鹏程千里展，
通今晓古揽才多。

孙孙断灵感

执笔捻须灵感临，小孙吵闹奏烦音。
欲持戒尺将其打，突喊爷爷立软心。

赠外侄刘勇获奖

先锋获奖省农颁[①]，水稻金杯勇敢攀。
入户山村帮困苦，扶贫示范在田间。

注释：

①省农颁：即省农业厅颁的奖。

如梦令·撒娇恩爱

词林正韵（后唐庄宗体）

窗外寒梅香在，屋内温柔棉盖。懒起眺天边，一片雾遮山岱[①]。描黛，描黛！回目撒娇恩爱。

注释：

①山岱：即泰山，位于山东省中部。

如梦令·惊蛰白头相守

词林正韵（后唐庄宗体）

惊蛰蛟龙搔首，风送枝头花秀。啼鸟落残红，恩爱梦浓依旧。依旧，依旧。携手白头相守。

访友（一）

披风沐雨驱车行，水急林幽百鸟鸣。
日出云开山扑面，人生坎坷几多平？

访友（二）

驱车百里访知音，山路弯弯贵客临。
鸟语花香无限好，青丝友谊白头新。

牧马山·赏杏花

牧马农庄赏杏花，登高远眺沐朝霞。
晨风缕缕飘千里，夜雨绵绵醉万家。
水上轻舟惊白鹭，山头皓月伴青鸦。
黄龙美景迷人眼，游客舒心笑口夸。

异乡重逢

丘山一别又重逢，
畅饮双流趣味浓。
故地曾留情谊在，
今生聚首话怀胸。
天涯独闯江湖险，
海角同吟忆旧容。
建业归来心向善，
艰辛谱写越珠峰。

长相思·话重逢

难相逢，今相逢。谁信前生情谊浓。举杯斟酒穷？家宴丰，乐宴丰。豪爽千盅言语衷，长亭挥泪同。

钗头凤·欢宴鸡毛店

词林正韵（陆游体）

真情见，邀朋现，雅园欢聚山珍宴。金尊满，端杯盏，仰头倾酒，底朝天盏。劝，劝，劝。

随心愿，车轮战，笑颜爬满眉儿颤。情难断，记心间，今朝君去，泪挥帆远。恋，恋，恋。

送友

悲蝉夜雨鸣，
滴漏到天明。
满院飞残叶，
敲窗梦未成。
钟声临古寺，
折柳扰黄莺。
望断南飞雁，
心仪缺月盈。

答谢于忠福为我诗集题词

挥毫泼墨寄真情，赠我题词慰素诚。
笃定平生持定力，何须日夜诵书声。
军营结谊逢知己，诗集连珠添芷蘅。
德泽恩铭承后辈，愚氓顿悟发嘶鸣。

观战友凌源九头山风景照抒怀

梯田杨柳烟，雁字白云边。
拔地高楼起，环山唱绿泉。
黎元青眼直，使命夜无眠。
青鸟殷勤意，挥毫诗一笺。

空军雷达兵组建七十周年抒怀

七十空雷笑泥丸，蓝天撒网守平安。
金睛火眼江山守，信息输回敌胆寒。
莫叹光阴时转逝，初心不变斩楼兰。
空军华诞飞言志，一束电光花一团！

战友情深

战友情深似海洋，开怀畅饮少年狂。
精忠报国军人愿，驰骋疆场赛岳郎[①]！

注释：

①岳郎：指岳飞。

纪念五·一二地震

魄散魂飞大厦倾，天昏地暗鬼神惊。
官兵降落苍生救，耀眼国徽分外明！

地震梦惊魂

凌晨一震梦惊魂，物响灯摇唤子孙。
警报声催天地晃，前庭后拥出生门。

贺八一建军节西溪战友相聚抒怀

战友八一情意长，白头西溪聚一堂。
守护蓝天叙往事，老翁犹梦赴疆场。
擒寇何分老或幼，抗敌执戈着戎装。
犯我中华远必诛，保家卫国好儿郎。

九位战友九月逢

军营一别各西东，三十余年觅梦中。
九月相邀逢战友，青丝笑对白头翁。

梦中回军营

开山炸石君先行，铲草搬砖建宿营。
避雨遮阳楼万座，常年梦忆郭刘情[①]。

注释：

①郭刘情：指郭刘湾，属湖北钟祥市。

纪念入伍四十五年·着戎装

今晨忆起着戎装，洒泪衣襟别爹娘。
此去人生圆梦想，忠魂铸就返家乡。
宏图未展青春逝，眼角鱼纹谱流光。
卫国汗挥边防线，而今菜市绕厨房。

诉衷情令·又梦战友会巴东

将军山[1]顶结情浓，离别各西东。归乡思友难聚，欢喜又相逢。人未见，泪蒙瞳，展愁容。绿葱坡上，杯盏交融，来去匆匆。

注释：

①将军山：属湖北省恩施土家族苗族自治州，巴东县绿葱坡镇，将军山是鄂西北最高的山峰，海拔 1800 米。

“八一建军节”抒怀

青丝别母去参军，
皓首邀朋美酒醺。
故地情浓杯共举，
挥毫叙旧泪纷纷。

战友小聚小蓉城

窗前雨骤友情浓，室内千杯酒洗容。
万片书笺谁说短，今宵醉卧小城蓉。

战友小聚感怀

昨夜情浓美酒纯，心脾半醉到今晨。
千杯小酌腮红透，满面春风曙色新。

无法返乡过“八一”抒怀

本想回乡酷暑天，心烦阻隔冒青烟。
遥望万里难团聚，忆旧书笺写满篇。
说尽曾经军旅事，情真意切抒戎边。
今生有约蓝天守，铁打营盘结谊坚。

峡谷度“八一”感怀

青山峡谷雨催眠，鸟语蝉鸣晓梦圆。
耳畔红颜呼早膳，惊来小院度流年。

我是雷达兵

我是云阳信宿师，
冲残黑月上霜曦。
黄沙漫漫吹长笛，
红叶垂垂洒短旗。
昨夜星辰占斗柄，
今朝雷雨降巫夔。
龙眠未必非人世，
何事先生卧锦池。

诗赠千佛寺村支书

执手栽洪福，牵头是俊才。
青山昂首笑，绿水踏歌来。
千佛心田立，村民无妄灾。
生平多浩气，黎庶笑颜开。

农家四季无清闲

秧苗翠绿满平川，趁季栽培细雨天。
五月农家闲日少，抛秧割麦种瓜田。

观李福华战友机械化收割玉米有感

蓝天起白云，地下割机耘。
玉米成青料，牛羊壮一群。

赏油菜花有感

春风赴约菜花黄，万里蜂追惹蝶狂。
雨后芳香迷醉眼，翩翩起舞弄霓裳。

田间栽秧忙

手扯秧苗种植忙，
躬身退步浴阳光。
披星带月肥施够，
只待秋来稻满仓。

悠然农家

鸡鸣犬吠绕山村，杜宇鸠啼到暮昏。
润肺枇杷房后采，开心茉莉座前尊。
长裙鼓乐同欢笑，短袖清歌赋舞奔。
户户丰收麦仓满，家家富裕小康恩。

改革春风助脱贫

离乡背井别双亲，
改革春风助脱贫。
富路修通千万里，
康庄大道育新民。

写给架线工

鸡鸣背线起征程，越岭穿林送照明。
渴饮清溪谁说苦，饥餐露宿不留名。

写给战高温的架线工

高温酷暑去挣钱，乱草荒山把线牵。
照亮千家能记否？灯光万盏靠谁连！

乡村医生

身穿白褂挎药箱，治病乡间立功德。
转遍东家趋北院，归来日落月沉河。

题图诗·晨曦练瑜伽

旭日初升锻炼忙，修身养性克柔刚。
弯腰踢腿腾飞起，吐气烟云入冥想。

礼赞街道清洁工

保洁凡夫月光扫，街头巷尾展英姿。
黎明处处新颜笑，揖手蓉城净化师。

观诗友获奖有感

手捧荣章满面光，眉添喜悦笑声扬。
辛勤换得金杯日，祝贺新程又启航。

祝贺《桃李文化传媒》成立一周年

桃李芬芳又一年，
西湖美景会群贤。
文明发展平台聚，
广绘蓝图勇往前。
作赋讴歌词咏颂，
施才众议计周全。
新诗写就婵娟唱，
雁笔书宫醉月圆。

咏荷花酒

盛世京华玉液光，琼浆一滴别生香。
荷花酿酒魂仍在，壶里乾坤日月长。

我有一壶酒

吴刚送我桂花酒，半卧凉亭去梦游。
四海天庭都踏遍，春风一路事绸缪。

邀朋共饮竹根醇

获赠竹根醇，邀朋品伪真。
琼浆方下肚，玉液久留唇。
畅饮千杯少，酣甜醉梦人。
平生知足乐，月影入红尘。

竹筒琼浆表寸心

竹海赊坛玉液斟，琼浆入口肚知音。
金杯畅饮佳肴美，二两平均表寸心。

桂花酿酒香

满树金黄扑鼻香，如菇伞盖赋诗章。
花开八月随风荡，一夜欢歌进酒坊。

品茶

南山采摘嫩芽新，焙烤烘搓贡献身。
煮沸三江投器皿，依然赤胆送青春。
瑶台有唤归仙境，润肺清香味亦醇。
平淡不图名与利，留芳百世化精神。

我有一杯茶

蒙山顶上茶，雾绕发新芽。
煮沸春江水，清香进万家。

岳池米线

米线何家好，丘山[①]天下工。
银丝抛沸水，点缀蒜姜葱。
惹得神仙醉，嫦娥离月宫。
当垆劳作俏[②]，满面杏花风。

注释：

①丘山：代指岳池。

②当垆劳作俏：指卓文君卖酒，在这里代指卖米粉的姑娘。

吃米粉抒怀

扑鼻清汤米粉香，
充饥入胃送喉忙。
葱姜点缀花椒伴，
一碗消光坐等凉。

观黄龙溪一根面

黄龙拉面一根绳，妙手抛江沸水腾。
竹筷轻挑香远送，招呼让座位空腾。

观春糍粑有感

糯米舂粑节味浓，豆面裹粑香亦重。
红糖作蘸垂涎滴，入口甜柔味无穷。

立冬吃羊肉感怀

雪后山前初发生，
年丰物阜可熏烹。
羊羔酒美加椒食，
熊胆茶新沃井萌。
不与骚人争世事，
何来野老话春晴。
千杯畅饮休归去，
万盏酣甜闭店声。

立冬吃烤全羊有感（一）

霜刀剪后水清清，
细葛寒风软草生。
短尾轻卷微带月，
纤腰嫩缕慢笼睛。
谁嫌热炙无汤处，
那得蒸豚发坐惊。
只恐他年雷雨夜，
魂牵梦绕起山城。

立冬吃烤全羊有感（二）

雪后寒炉暖气加，
烘身火烤有谁夸。
方知美味翻唇吻，
但觉烟熏满鼻爬。
自古羊儿如此命，
于今割肉伴鱼虾。
撕开透骨西风快，
畅饮双蹄始到家。

在家作厨感怀

偷来手艺学厨烹，菜市锅边脚踏平。
美味曾尝千百遍，归家实践让谁评！

三角梅

今日努力攀爬
只为明天
把大楼装扮
与晚霞媲美

石榴花

五月的石榴花
举着喇叭向天
喊落满树朝霞

石榴果

胸如大海
暗藏万千珠玑
玛瑙

夏荷

谁让我沉睡在泥塘
是秋风或是冬雪
一阵雷鸣般的蛙鼓
把我从美梦中唤醒
打着哈欠
伸着懒腰
把头伸出水面
让蜻蜓温柔亲吻
心与心的激荡
含羞芬芳四溢

露珠

雨后的露珠
挂在树梢上
叶面上
晶莹欲滴
像姑娘恋家的眼泪

那条弯弯的石级路

那条弯弯的石级路
我好久没有走过
那棵长在石级路顶端
的矮小柏树
依然瘦小
满身皱纹
斑驳地生长着

矮小的柏树
是我熟悉的背影
也是我穿上军装
离家时与母亲分别
的定格
矮小的背影
那是母亲送别时
转身留下的
她向我挥挥手
转身
用袖拭去眼泪
的缩影

她哽咽叮咛着
儿啊　千万别恋家
到部队一定要听话
好好干　努力学本领
完成任务
娘等你早日归来
从此离开父母
踏上军旅的征程
一去十二载

而今还是
那条弯弯的石级路
在那幽静地躺着
抬头远望
高高的石阶两旁
长满不知挖了多少载
依然重生的小杨槐
石阶路只是
显得比曾经更加
苍老　孤单
是否很久无人行走

弯路的尽头
那棵矮小斑驳的柏树
依然伫立着
就像当年母亲
送别时　伫立着

等待我归来
曾经留在石级上
的每个足印
还在预示着我的归期

今年清明节
我又踏上那弯弯的
石级路
每级石级上
长满苔藓
深浅不一的足印
时时勾起数不清
理还乱的回忆
岁月的沧桑
写满我一生的努力
每个折转点
就寄托母亲对我的希冀

啊
弯弯的石级路
它将化作
我在创作路上
的动力
带我走进
桃李文化村里
融入到
来来往往那么熟悉的乡亲里

我给子女留点什么

人生百年
不过三万多天
来到这世上
就要努力地干出个样子
活着就要耕耘
不可碌碌无为枉度人生
不知不觉　我已迈入古稀之年
时光流逝太快我要分秒必争
过去拼命挣钱
总嫌时光短暂
直到现在我才明白
钱财乃身外之物
人生无病无灾
身体健康才是本钱
想想在世上还剩多少天
还剩多少年
在人生旅途的长河中
儿时的梦想
给自己定下的目标
现在是否实现

某一天长眠地下是否心安闭眼
是否给子女
创造了升值的空间
是否给他们
留下万间广厦
黄金千万
良田几顷坐享不完
我惊恐地发现
竟然不像有钱的大款
努力创造　给自己留下豪宅万间
留下厚土一片
总以为我是最优秀的那一个
胜过父母
胜过左邻右舍的同龄人
现在发现
最熟悉的自己
最相信的自己
竟然两手空空
只是一场梦
留下忙不完的家事
在忙碌中度过平庸的每一天
自从我走进桃李文化家园
在这里与许多优秀老师网络相见
我才与文字结下良缘
在总裁的无私呵护下
有各位文友老师的辅导启迪
从学习中认识自己

获取有价值的思想创作诗篇
在文学的海洋里陶冶自己
用手中的笔从零开始
书写人生的美丽
实现我的梦想
弥补此生遗憾
在文字里创造奇迹开创未来
在桃李文化村里刻苦锻炼
在有限的生命里写下壮丽诗篇
留给子女文学上的空间
给他们写下有价值的文篇
这些精神财富
胜过金银珠宝万亩良田
充实了我的生活
开心了每一天　快乐了每一年

我是爸妈生命的延续

当我离开母体
呱呱坠地来到人世
哇的一声哭泣
护士用镊子夹着棉球
小心翼翼地给我清理
睁开眼睛看到
妈妈躺在床上
眼角挂着痛苦的泪滴
爸爸在走廊里来回踱步
焦虑等待着急
我的降临
使爸妈高兴无比
爱是爸妈无言的诗行
爱是爸妈一生的希望
我成了爸妈生命的延续

从此爸爸用他
坚强有力的臂膀
把这个家撑起
妈妈用甘甜的乳汁

让我吮吸补充身体
我躺在妈妈温柔的怀里
甜甜的笑意
从此写在妈妈脸上
满屋洋溢着幸福

我是爸妈生命的延续
他们教我学说话
从此会叫爸爸妈妈
在风雨中
爸妈用爱的大伞
随时为我遮风挡雨
教我学走路
一点一点学起
然后迈着蹒跚步履
脱手走出自己
当我摔倒时
妈妈那焦急心疼的泪珠
又从眼角滴落

当我踏进幼儿园时
爸妈每天辛苦早起
为我煮饭　穿衣梳洗
放学回到家
等着我的总是营养丰富的饭菜
叮咛着让我尽量多吃
这样才能长好身体

在学校才有精力
去努力认真学习

我是爸妈生命的延续
当我成家立业步入社会
他们已累得弯腰驼背
白发苍苍
却仍然在为我们的家务操劳
他们默默的付出我铭记心里
也将化作我前进路上的动力

春风亲吻我的脸

春风亲吻我的脸
蓝天白云旭日
呈现一片绚丽的艳阳天
河流江山如此多娇
鸟鸣蛙唱　天空引来呢喃的一群春燕

又是一年春意浓
让沉睡一冬的小草
苏醒冒头伸着懒腰
春天的风儿
拨动着诗人的琴弦
用它们特有的方式抒发情感
用精练的词句触动人的心田
把简洁的生活语言
精心提炼溢于笔尖
描绘诗人的内心世界
他的敏感来源于民间生活
他用文字记录河流　山川　海角　天涯
春天正是写生描绘的时刻
不断激发创作的灵感

春风亲吻我的脸
我与春天在田园约会
机声隆隆耕耘播种良田万亩
农民兄弟汗滴禾下无怨无悔
春天的雨露吻着我的脸
我在诗中写下了万语千言
只为祈祷丰年

一年之计在于春
生活的多彩多姿让我陶醉
让我无比眷恋
看那漫山遍野的花丛
爬满树枝山冈　学校　公园
渲染成一片绿的世界
点缀着孩子们稚气的笑靥
让欢声笑语四处飘荡
让春风扑面心旷神怡

春风亲吻我的脸
挥舞着画笔把大山墨染
用暖阳揉碎冰雪
汇成涓涓细流滋润我的心田
从山巅奔向平川
显得格外壮观
春风十里万物复苏
带着绵绵细雨

润物无声地静悄悄种进心田
叩响大地的门
渲染枝头孕育绿色芽苞
宛若灿烂的彩练
一层层　一圈圈
系在条条城市道路两边
闪烁着耀眼的光环
给人们的视线增添五彩斑斓

春风亲吻我的脸
春雨春露洒向人间
把绿色根植在美丽的江安河畔
枝繁叶茂映入人们的眼帘
在树影婆娑下跑步锻炼
参天大树矗立云间
好似擎起遮日避雨的大伞
一排排树整齐挺胸抬头
犹如哨兵站岗在边防线
春风亲吻我的脸
让绿色植被构建出
如诗如画的美好未来

雪花飘飘（外一首）

呼啸的风怒吼着　很疯狂
裹挟着鹅毛大雪
使我的家乡内蒙古草原
一夜间白色苍茫
无垠的大地少了牛羊
偶尔听到饥饿的嚎叫
视野里多了几匹无奈的灰狼

一声叹息　几片落叶
随着雪花飘落在我的肩上
飘进小院
轻轻地飘入我的走廊
那冰凉冷峻的风
掀开我的衣裳
它们从我的领口　袖口
仿佛要撞入我的心房
喝一碗马奶酒
手脚也还冰凉

看到天地间白雪皑皑

我坐在红泥小炉旁
看那雪花随风蹁跹漫舞
还有婀娜多姿的落叶
打开手机拍个照
尽情地一一收藏
村口那株古老的胡杨
剩下那光秃秃的树杆
在那儿孤独地矗立着
犹如久别的故人
回到了家乡
有些生疏地向村里张望

寒风穿过庭院
夹着雪花把树枝摇晃
温柔的雪花
经不住寒冷的侵袭
在树上凝结成晶莹剔透的冰柱
闪烁着耀眼的光亮
在风的摇曳中
掉落地面发出的声音叮叮当当
片片鹅绒大雪花
徘徊萦绕在房屋的上空
像千姿百态的花朵怒放
大地被厚厚白雪覆盖
千里冰封
万里雪飘
只有黑色的雄鹰在苍穹自由飞翔

村口
马蹄声响
俊男靓女马鞭飞扬
背上弓箭
为了群众的生命财产免受灾殃
他们要去驱赶野外的饿狼

远处西岭的雪山树影婆娑
银装素裹　分外妖娆
宛若冰雕玉砌的尊尊美人
你像是我梦里的姑娘
我要拥抱　我要歌唱
我要载着你翻过长城
去中原亮相
缤纷竞逞　勾人遐想……

牧羊姑娘

秋风凉　秋草黄
满山遍野奔群羊
半坡上倩女装
白云朵朵游牧场
蓝天碧雁飞翔
红霞余晖映脸庞
心坦荡　情意飞扬

羊鞭挥舞啪啪响
曲声悠悠惹人狂
啊
牧羊姑娘
美丽画卷永久藏

龙华山上遥望

我站在龙华山上俯身遥望
一缕晚霞
给大地洒满金光
那翠湖的水面倒映着尖山寺的塔影
伴着株株松柏
在水中荡漾
游艇上琴声悠扬
渔夫唱着丰收的歌谣
一路划桨
湖面的水激起了层层涟漪
望着那装满鱼虾的渔网
脸上淌着幸福的微笑
垂柳亭亭玉立
犹似出嫁的新娘
抛下万缕青丝
垂钓着沉水的夕阳
一条弯弯的月船
停泊在高高的天上

我站在龙华山遥望

看那西边的奶山坡
满山翠柏苍松
曾留着我的梦想
那条盘山公路和山冈
是我们携手人生之路
留下的脚步
得用心去重新丈量
曾记否在那石凳上
我们约定未来充满希望

我站在龙华山遥望
金城山的漫天云霞
洒向顾县农贸市场
那美味的顾县特产
牛皮豆干畅销远方
那金城山的枫叶
随风翩跹起舞
像是我曾经爱恋的姑娘
啊
看那翠湖堤外
我遥望着一望无际的田野
一层层金黄的稻谷翻动着波浪
成熟丰收后的果实
被飞奔的列车运往小平的故乡

我向北方借一场雪

我向北方借一场雪
让岁月悠悠的江南
增几分姿色
让翠绿重叠的山峦
幻化成尊尊冰雕
更加圣洁
那飘洒的雪花
漫天飞舞
铺满山冈
把青丝染成白发
把苍松翠柏雕刻得婀娜多姿
的尊尊玉女
舞姿各显特色
大地银装素裹
把奔腾的河流
变成凝固的哈达
把江南的风景变成塞北

我借着北方的飘雪
让纯白的棉被盖上绿油油的麦苗

在冬天沉睡
等待被和煦的春风慢慢唤醒
再看万物春意盎然焕发勃勃生机

我向北方借一场大雪
玉蝴蝶漫天飞舞
最后降临到广安岳池
无垠的田野白雪皑皑
起伏的山峦也被积雪掩埋

让我的心梦一般回到童真时代
与小伙伴奔跑在山野
打雪仗滚雪球
童趣的欢乐挂上眉梢
朦胧中那雪花似一朵朵雪莲
冰凌染白了树枝
屋檐下一串串冰柱如天仙玉女　身材苗条
回眸　远眺
仿佛那迷人的眼神
在向我招手　在向我微笑

我站在后垄山遐想

清晨的天空露出了鱼肚白
沉睡的山峦裹着几片云彩
我站在高高的后垄山上
一轮红日掀开云帘
隐隐约约从东边的山脚
慢慢地爬上来
梳理着沉睡一夜的懒妆
点点红光从云帘里慢慢散开
红日好像害羞的姑娘
半张羞涩的脸
探头四处张望
光亮一点一点拉长
天越来越亮
沉睡的银城
大街小巷的车流
开始喧嚣　沸腾活跃奔忙
人流熙熙攘攘
喇叭声车铃声
伴随着卷帘门声
此起彼伏

驱赶着寂静的时空
忙碌的一天
从这里开始
新年的生活
一步步向我们走来

站在高高的后垄山上
多少次勾起我无限遐想
看那绿油油的苍松翠柏
把翠湖的水染得碧绿
引来一对对白鹭飞翔
白云在空中飘向家乡
思念的心儿随着风
悄悄奔向远方
我站在高高的后垄山上
遥望东湖岸边的垂柳
扬鞭催促着梅花绽放
一阵阵芳香扑鼻
捎来了春的芬芳
杏花樱花争春满枝竞放
一个瘦小的身影在村口
手搭棚向东遥望
那是我儿时同村的姑娘
脸上写满岁月的沧桑
她在盼望远在边防站岗
休假归来团圆的情郎
自从前年离别去到边防

保家卫国的重任
牢牢记心上
日思夜盼
两头牵挂
只有电话叙衷肠
为了祖国繁荣　人民的安宁
舍小家顾大家　战士责任担肩上

我久久站在后垄山上
双眸眺望山脚下的家乡
遐想未来　回忆过往
提起瘦笔
谱一篇华章
挥动手指　拨动琴弦
踏着轻快的舞步
我要用高昂的劲歌把家乡传唱

瀑布魅力无比

高低坑瀑布魅力无比
滴水穿石　聚露成溪
一汪涓涓细流汇成大川
一帘瀑布飞流直下飘至谷底
如飘飘欲仙的银霞

作者摄：低坑瀑布

遮天蔽日给大地洗礼
似一片白色云彩从天而降
嫦娥舞动着长袖神采飘逸
你燃烧心中的怒火
从高山绝顶
飞泻而至
你是洁白的哈达
还是飘飘长发
你用生命的代价撞击峭壁
碎玉遍洒　壮观美丽无比

作者摄：瀑布

你来自天上
或是黄河决堤
你温柔时如羔羊
用甘甜的乳汁
滋润大地
使万物生命延续
飞泻着给山川美丽添辉
你轻飘若絮
用甘甜的乳汁将人滋养
你软柔如绸　如丝
当你怒发冲冠时
咆哮狂奔不止
席卷而来摧残草木
淹没庄稼　毁房　掠地

啊
瀑布
高低坑瀑布
你六十年代崛起
你聚流汇集
于高山大地
你来自银城小溪
你胸怀大志
春耕时你为百姓发电春灌
为千里山区送去光明
为万亩良田丰收作后盾
如今你

为游客展现英姿
你豪放　悠然飘来
恰似白衣天使
你飞身嘉陵江畔
融入长江水系
你凌空飞旋
满身诗意
引无数墨客为你赞颂
挥毫执笔
飞流直下三千尺
疑是银河落九天
豪迈的诗篇引人入胜
祖国的山河胜景令人赞叹不已

你从梦中走来

你从梦中走来
张开你那洁白的双臂
敞开胸怀，轻轻地把我托起
把我的头埋进胸脯
一颗红樱桃塞进嘴里
一股甘泉流进胃里
甜蜜写上你的眉尖

你从梦中走来
满脸笑靥，如杏花红遍
春心荡漾，飞向天边
染成晚霞一片

你从梦中走来
让我吮吸着甘甜
我红彤彤的小脸
圆圆的眼珠滴溜溜转

我疑问
这是什么地界

粉嘟嘟的一双小手，不老实地
游弋，抚摸着，温柔的地毯
耳畔传来轻轻的呢喃
温暖的大手在我
背后轻轻拍打
抚摸我肉嫩嫩的臀
让享受
把我彻底催眠

你从梦中走来
一声惊雷中我泪水落下
湿了大片
啊
把我的美梦打断
我的甜蜜
永远在梦里
去迷恋，去回忆
去寻觅

故乡三月槐花香

故乡　三月槐花香
春光　任人沉醉游荡

三月的故乡
到处呈现槐花盛开的芬芳
在我家的门口
有一棵高大的槐花树承载着世纪梦想
这棵槐树有上百年历史
它经历　见证了人与自然百年沧桑

每年三月春暖花开的时节
它与盛开的百花争奇斗艳
一瓣瓣花蕾随风飘溢着扑鼻醉人的芳香
引来无数蜜蜂蝴蝶穿梭其间
一串串乳白色的槐花
或立或卧爬满树梢
像一只只展翅欲飞的白鸽
让人心神荡漾
小时候我经常在槐树下
与小伙伴们打滚玩耍

有时摘几片嫩如肌肤的绿叶
放在脸上
一股淡淡的清香扑入我的心房
扎一个美丽花环
把自己装扮成可爱的姑娘

清明我又回到故乡
徒步爬上山冈
古槐繁衍的子孙后代
在山坳里　悬崖边茂盛生长
片片绿叶
紧紧包裹着一个个白里透着淡红的花骨朵
等待风儿吹拂尽情绽放
含羞默默的面孔
显得对我有些陌生
有的侧身低头
有的交头接耳
窃窃私语
它们在微风摇曳下
故意向我抛来几个媚眼
然后娇羞地躲进绿叶后面避让

雨后的清晨
多想睡个懒觉
闻听鸟雀枝头欢唱
窗户已射进温暖的阳光
伴合着娇滴滴的黄鹂声此起彼伏

渲染着我美丽的故乡
出门顺着山梁
绕到儿时玩耍的槐树身下
呼吸着清新空气
不知儿时的伙伴现在何方
槐树依旧
花开簇簇
三三两两结队的蜜蜂
飞来落在盛开的花蕊之上
嗡嗡地唱着情歌
畅享着花蕊的甜蜜
旁边的山脚下
偶尔传来几声犬吠
让我心儿泛起丝丝忧伤
一缕炊烟袅袅升起
绕过树梢盘旋着飘向天空

雨后的清晨
花瓣上　花蕊上
晶莹剔透的水珠在滴淌
透过密密的槐树叶仰望天空
那蓝天　那白云
那绿叶　那白花
鸟儿飞过
微风摇动
把那垂悬欲滴的水珠
洒落满地

闻香而来的蝴蝶围着槐树翩翩起舞
三月啊
我爱你　故乡的槐花香

父亲的旱烟枪

一杆棕红色的旱烟枪
跟随父亲吞云吐雾几十年
金黄色的黄铜烟嘴
棕红色铸就的红铜大烟锅
中间一截镂空的斑竹
连着烟嘴和烟锅
烟枪杆上系着
用没有成熟的嫩柚子
镂空填沙晾干制成的烟袋
烟嘴被吸吮得闪闪发光
烟锅里满是黑黝黝的烟油

每每父亲扛着犁或锄头
出门干农活
总忘不了把那杆烟枪别在腰间
犁地　锄禾累了
他便坐下歇歇
从腰间取下烟枪
掏出烟袋里的土烟叶
慢慢卷一支烟卷

装上烟锅
点燃美美地吸上几口
烟雾从鼻洞里爬出来
像两条腾飞的白龙
有时烟雾卷成卷儿
也从口里吐出
化成朵朵白云
一圈圈的烟雾转着圈
绕过父亲的头顶　盘旋着
时不时回头望望
然后依依不舍地飘散开去
隐入空气中汇成天空的云朵

父亲抽旱烟的习惯
据说是从十六岁就开始了
干农活累了或是心情不好
苦闷睡不着觉时
总是卷上土烟叶抽几口
用抽烟来排解疲劳和心中的忧愁

父亲的旱烟枪从不离身
把它视为珍宝
不论是走亲访友或是赶集
他总是随时带着
记得有一次犁地休息后
去解栓牛绳
烟枪从腰间掉在地上

他顺手捡起挂在拴牛树上
犁完地回家忘记了
归来想抽烟解乏
可是怎么也找不到
急得满屋转
翻遍了旮旮旯旯都没有见
去哪儿了耶
唉　他长叹一口气
丢了真丢了
他拍拍脑袋这可怎么办呢
哦　他恍然记起还挂在那树上
他领着我打着手电筒
急匆匆地赶去寻找

时隔多年
父亲已驾鹤西去了
可我每次清明节回乡下
总忘不了去摸摸
那杆躺在旧衣柜里
的棕红色旱烟枪
物是人非　转眼已经三十四年
如今那烟枪上锈迹斑斑
只有旱烟的香味在脑海里萦绕

银杏秋黄

秋风瑟瑟秋雨凉
脱去绿衣换金黄
黄叶随风翩翩舞
风摇银杏吵吵响

银杏叶舒展着翅膀
如彩蝶翩翩起舞
似帆船顺风起航
这是晚秋给大地披上的盛装
叶落大地遍铺金黄

别样的迷人景色
把秋季色彩斑斓的美景收藏
给春天播种　给大地希望
银杏最懂得感恩与贡献
给大地铺上金色的地毯
让孩子们尽情玩耍起舞
小猫小狗也围着打滚欢闹
举眸眺望
大地仿佛变成了欢庆的海洋

有一群乖巧的孩子
拾掇金色树叶
在石凳上摆贴叶画
巧手设计着各式各样娇娘
在一旁的大婶大妈们
唠嗑着儿时的梦想
一旁散步的大爷
踩着落叶
踩碎了曾经的梦想
一排排婆娑的树影
他们身后被渐渐拉长
碧天云外
一群小鸟飞越山冈
我站在黄叶地毯上
勾起无限的遐想
有所思　有所失　背影怅然
也融入孩子们的疯狂

外婆家的“中秋节”

小时候　每年的八月十五中秋节这一天
父母就领着我们四人到
外公外婆家去吃团圆饭
外公外婆家离我们不远
大约只有四五里地
晴天时　我站在黄泥坡
那块光秃秃石坝上向东望去，
就能看见外公家的房子。

说起到外公外婆家过八月十五中秋节，我们四个孩子无不高兴欢喜。因为每年中秋节，外婆家准备的菜肴特别丰盛：红糖黄豆面糍粑，还有大舅和二舅家各自做的大块肉夹馍和自制的各种馅的小月饼。

外公家是独居的四合院，正房有三间，中间属正堂屋，是每次团聚的宴会厅，两边厢房各有三间，左边正房一间及厢房是二舅一家居住，右边正房一间及厢房是大舅父一家居住。

记得 1964 年的中秋节那天，吃过早饭，父母带我们早早地去到外婆家，父亲在正堂屋中间靠里把两张八仙桌拼在一起，又在靠外把另两张八仙桌拼在一起，里侧那张桌子是长辈们坐的，而外侧那张才是我们晚辈坐的。当这一切准备好后，就快中午了，大舅妈二舅妈各自陆续把做好的菜品用托盘端来摆放在桌上。外婆打来一盆水，让大家洗手，外公用托盘盛着新米饭、新豆腐、炒肉，以及香、纸钱，领着父亲及大舅二舅在院坝里焚烧纸钱并对天作揖叩拜，做完这一切仪式才依长幼入座。

那年的中秋节，大家吃着香喷喷的饭菜，团聚在一起有说有笑，我边吃边听大人们讲故事，这是我记忆中最开心的一次团聚了……

难忘的初恋——汉军

人生初恋一段情
皓首回忆泪纵横
书信一封手牵手
千里追寻梦中人
见面长谈话未尽
情真意切许终身
谁料世俗隔缘分
棒打鸳鸯分至今
那年冬雪下不停
我乘火车奔江津
离别江汉跨荆楚
穿越巴山踏山城
风雪黑夜小站停
竹筏渡江旅馆寻

那是 1981 年冬末。我乘火车从荆门出发暮至襄樊再转襄渝线到江津。那时我的老首长转业，他被安置在江津红阳机械厂。同时也是他牵线让我认识了你——汉军，我的初恋！

坐在火车上，我的心早已飞向江津城，火车行驶特别慢。可能是我心切，感觉火车如同一条千足虫在铁轨上慢慢地爬行着，爬行着，爬到德感镇时，暮色更浓了，我在一个小站下了车。

夜色茫茫，一条幽长的巷道直通码头渡口，巷道两边，几盏时明时暗的路灯，眨闪着眼睛像似对我说：“小伙子，这么晚急匆匆要去何处？”

我四处询问，在好心人的带领下，我来到江边渡口码头，搭上摆渡木筏去到对岸江津城……那夜我第一次失眠了。

脑海里浮想联翩：“你是古书里描写的仙女或者是西厢记里崔素琼！或者是……”

唉！

难熬的夜，总是那么漫长。此时，老天爷也作怪！盼啊盼！天，就是迟迟不明。当东方天边露出鱼肚白时，总算听到了远处的钟声。钟声唱和着长江的游轮笛鸣，我此时眼望窗外：蒙蒙薄雾绕山尖，把整个江津城笼罩，给这座美丽的城市增添了几分神秘感。天空一弯新月偶尔从薄云中探头、露脸。

当晨雾退去，天上无数星星闪耀着，向我抛来媚眼，又像在相互交谈着、嗤笑着我……此刻，我的血液沸腾，心在怦怦扑腾，忐忑极了……

南安街三十一号住所，一个倩影出现！那是她吗？一米六的高挑个子，留着学生头，身穿乳白色的风衣，下穿深黑色的长裙，洁白的丝袜，配合着一双运动鞋……

她向着天香街走来，在天香街一个五金摊上，那是我们第一次相识的地方。

你是那样的端庄、大方，有学识和远大的理想。

在交谈中，你对未来有着美好的设想，她问，未来的我们是到老家还是部队安家？

我说："你愿到部队安家就到部队安家。"你说："可以。"

我们初步设想规划着，你说："让我带你去老家，去看看我的爹妈。"

当第二天准备出发时，你托人对我说，你爸妈不同意我们交往。原因是我们俩相隔甚远，我是个流水的兵。前途渺茫，前途渺茫！那时对我是多么大的打击啊！

于是我急书一信投入邮筒，含泪离开难舍的江津。

当我刚跨入老家大门时，爹妈递给我一封未盖邮戳的信，字里行间得知你的信息，绝食抗争，但你的父母还是没能应允。你我今世有缘无分，只好兄妹相称，从此书信往来，半载各诉心声……

转瞬间，四十年光阴，常在梦里追寻，我的初恋——汉军。

你现在的生活，过得可顺心？

收获

——分社文质辅导课有感

辅导精言真指点，提高写作好诗篇。聆听醉雪谈诗会，莫负良师授课缘。

8 月 27 日晚，我准备好晚餐急忙打开桃李分社微信群。静静地等待收听醉雪副社长授课谈写作。此时凉风习习，吹动着楼下的树林，我独坐在阳台上，聆听着醉雪老师细心的讲解，分析写作中存在的问题，感受着如何选题，如何写作，如何拾取素材、构思框架，抓住重点、措辞得当铺开来写。听着听着使我茅塞顿开，在我脑海里浮现出一个素材来！

楼下树林中爬上树梢的三角梅，枝条上开满火红的花朵，经昨夜的细雨洗涤，花瓣更加娇艳欲滴。几只麻雀飞来落在枝条上，偏着脑袋东瞧瞧，西看看，好像述说着什么？

唉呀！今天这花儿怎么比昨天多了，而且更加鲜艳漂亮了。

你看，那三片花瓣中，三根花柱淡黄色的花蕊上还残留着几滴晶莹的露珠呢！一只麻雀用脚爪抓住枝条倒挂着，上下摇晃，像小孩子荡秋千样悠闲。晚霞的余晖从叶缝射落地上，归鸟入林的喳喳叫声伴和着蛐蛐儿的轻鸣，宛如一曲曲交响乐。

归途的车流随着小商贩们的叫卖声打破小区一天的寂寞……

此时此刻我欣慰地默念道：生活多么美好，每天的收获多么丰厚！

我在等待春天

我在等待春天
守望着春回大地色彩斑斓
山坡上沉睡了一冬的小草
从缝隙里慢慢伸出头来
懒懒地打着哈欠
左顾右盼
然后一声长叹
这个漫长的冬天
结束了万物长眠
山那边凝固的小溪
也被这声长叹惊醒
它揉揉惺忪的双眼
几滴泪珠
化作春雨细流
滋润大地
蔚蓝的天空
几朵白云
被归来的大雁
挥动双剪
剪裁成朵朵花环

春风唤醒了桃林
唤醒了
久别的公园
满园桃花含羞绽放
云霞爬上姑娘的脸
映红半边天
鱼儿在嬉戏
蜜蜂与蝴蝶在花丛穿梭
又一个春光明媚的艳阳天
我在等待春天
春天到来
陶醉了季节的浪漫
染黄了平川的油菜田
染绿江南两岸
我徘徊在杨柳堤畔
几缕嫩黄垂柳拨动着诗人
的琴弦
低飞的燕子
衔泥垒巢如蜻蜓点水
惊起白鹭冲向天边
我在等待春天
等待一场春暖花开的盛宴
春耕的老农催牛挥鞭耕田
土壤翻身打坐
撒娇冒烟
无数的种子蠢蠢欲动
奔向土壤间

一群鸟儿在树梢
叽叽喳喳赞美春天
大地一片新绿
春风踮起脚尖
划一根火柴
把百花点燃
花红柳绿的大地
一派生机盎然
桃李春色满人间

作者摄：樱花

秋情

雁南飞，
秋渐凉。
春草日渐白，
木叶弹指黄。
柳老枝如铁，
白日怀虚光。
寒蝉声凄切，
塘蛙鸣断肠！
蟋蟀老，
黄花香。
夏虫别，
蛟龙藏。
黄蜂腾身起，
匆匆向远方。
吾欲乘风追去，
恨无胁翅徒悲伤。

寒风斗萧瑟，
冷雨敲西窗。
知音今何在？

抬眼雾茫茫！
带醉弹绿绮，
徘徊凤求凰。
叶落梧树在，
春归桐花香。
子规啼碧血，
莫效参与商。
誓愿与君共，
执手岁月长。
化作双蝴蝶，
翩跹笑横塘。

春夏之间

年轮在匆匆旋转飞逝
春夏秋冬二十四节气在依次追随
春夏之交这温暖时节多么让人沉醉
我多想抓住你的翅膀停留在春风里
可春风却思索着在袖口里徘徊
她在流连忘返难舍难分中把接力棒递给夏季
踮起脚尖划一根火柴
让万树点燃
由春意盎然变幻传递给了蓬勃生机的夏天
随风飘荡的遍野
染绿了山川　草地
牡丹盛开映红了江安河公园
一对黄鹂在枝头交头接耳唱出心中美好的期盼
让小河奔腾
心向大海奔流不息
去看看铺满浪花的世界
在春夏之交谱写一首浪漫的交响曲
怀着忐忑不安的心情
深一脚　浅一脚
重新把大地丈量一遍

令山河沸腾给大地洗礼
沉睡一冬的小荷
迎着春的魅力
从污泥里悄悄爬出水面
头顶着小角尖尖
与久别重逢的蜻蜓
亲吻热恋
几只青蛙从洞穴里探着小脑袋
用惊奇　羡慕的目光
为它们呱呱鼓掌拉弦
河流　奔腾着
扯开洪亮的嗓子
唱一曲夏的赞歌
迎接火辣辣的夏天
夏风吹皱一池春水
带着幽香的细雨滋润禾苗　山川
让绿油油的秧苗拔节疯长
欢畅地在田里释放浪漫
让无限的旷野旖旎醉人
醉倒在花红草绿的人间
唱一首牧羊曲
手握长鞭挥舞
催赶着羊群
飞奔在那辽阔的大草原
我催马驰骋的心儿随着夏风
在柳阴蔽护下荡秋千
与悠悠明月相伴

让蓝天彩云歆羡
那爬满篱笆墙的三角梅
举着火红的花朵映红夏天
霞染蓝天
在这翠绿火热的夏天
在梦中撷首诗
携着我们共同辞别春天
走进夏的宫殿

孤独的三角梅

时间真快
大楼要竣工了
守工地的大爷
不知从何处
捡来三角梅
种在工地
傍的弃土上
浇了水
再没管它
转眼间
大楼已竣工
不知大爷又去何方
三角梅孤独地
依附着大楼
扎根在墙角
自由地生长
迎着朝阳

人来人往
车水马龙

从眼前驶过
它孤独、凄凉
沐浴着风雨

清晨
阳光和煦
一只小鸟
拍着翅膀
从远处飞来
在它身上
唱着歌，跳着舞
叽叽喳喳
对三角梅说
你好脏
好脏呀
三角梅更显
悲伤、凄凉

夜已深邃
城市的喧嚣
归于静寂
静得出奇

三角梅顺着大楼
向上爬去
上一楼时
推窗向屋里

瞧了瞧
空空如也
向上继续爬着
每爬上一层
它都把头伸向屋里
望望，并向
屋主人问声好
微风轻拂
它挥挥手
向屋主人
打个招呼
主人
对它视而
不闻、不问
它爬啊！爬
坚持不懈
向上爬去
一层、两层
终于它爬上了屋顶
将大楼踩在
脚下

瞧！它笑了
笑弯了腰
笑得很甜美
昂着头
挥动手臂

向天空
飞过的鸟儿
飘动的白云
打着招呼！
鸟儿啊、白云
请你们
带我到远方
让我的问候
与梦想
随你去追寻

作者摄：三角梅

辞旧迎新再出发

送走不平凡的 365 个昼夜
迎来新的征程
2021 年
是极不平凡的一年
这一年我们迎来了
中国共产党诞辰一百周年
岁月匆匆而过
新的征程将从这里开始
度过的流年
在时光里掩埋
北风还在旧日里缠绵
梅花已叩开春的大门
我抖落身上的尘埃
让白云捎来了远方的思念
久违的问候
送来了美好的祝愿
漂泊的游子
把疲惫的身心停靠在
2021 的港湾
你听

那熟悉的锣鼓
响彻云天
燃放的烟花
在空中漫舞
欢庆的歌声飘飞
一张张笑脸写满
丰收的灿烂
新年的钟声
催促着我们向前
向前
元旦　已对我们呐喊
2022　我将沿着春的脚步
在桃李文化传媒
写下我最美好的祝愿
祝福伟大的祖国
祝福幸福的明天
祝福桃李家人们
福如东海　健康平安
在新的一年里
都有一个美好的开端
在钟声的伴随下
重新绽放青春的色彩

最愉快的元旦节

元旦
新年的第一天
太阳温柔地悬挂在天边
我们一家趁着新年的欢乐气氛
要出去享受节日的愉快
体验生活的悠闲
征求　商量
两个孙孙异口同声
想去山上赏雪
爷爷奶奶我们去玩雪吧
在电视上看小朋友们玩雪多么有趣
堆雪人打雪仗
我们从没有玩过雪
那是多么有趣的玩项
我们打点好各自的行囊
背上书包　装上零食
穿上最美的衣裳
就像一个个出游的行者
携着手唱着歌
坐车奔驰在开心的路上

在山下参加了篝火晚会
围着燃烧的熊熊篝火
跳着锅庄舞观看烟花燃放
礼花冲上天空呈现着
各种颜色各种花样
有的携着降落伞
伞下飘悬着“新年快乐”
有的挂着“冰雪世界欢迎您”
有的挂着“元旦吉祥”的彩旗迎风飘扬
边跳舞边歌唱着
好不热闹的冰雪歌舞令人心花怒放
当夜住宿在
冰雪世界的房车里进入了甜蜜的梦乡
第二天乘旅游车到半山腰
看见雪花漫天飞舞
白雪皑皑的雪山高耸入云
仰望雪山　心潮澎湃
满山洁净一片白皑皑的景象
山腰的树枝上挂满冰凌
一阵阵烟雾从山脚下
慢慢爬上来把整座山峰覆盖
形成白茫茫的雾海

我们站在雾海之上
瞬间眼前模糊一片
待烟雾散去

又是洁白的雪山高矗
车上所有旅客下车后
顺着铺满白雪的公路
嬉戏玩耍打着雪仗
一路欢声笑语歌声嘹亮
几只野鸡从我们的头上飞过
落在半山腰的山坳雪地上
相互嬉闹追逐着
在雪里觅食
有的小朋友大声高呼着
爸爸妈妈
你们快来呀
你们看
那边好多野鸡呀
那只野鸡的尾巴好长
羽毛好漂亮
与电视剧里孙悟空头上戴的一模一样
他们一边呼喊着
一边拍手
大雪山我们来了
大雪　是你给这山峰带来美丽
是你让这世界银装素裹
把这山打扮得如此美轮美奂
让我们顷刻融入冰雪世界
享受着大自然的新鲜空气
你给我们带来了童年的欢乐
你让我们第一次赏雪

我们全家人
在一起度过最愉快的元旦节
这是新年的第一个幸福
今天让我们用笑脸迎接你
迎接元旦
祝祖国人民在新的一年里虎虎生威
瑞雪兆丰年
愿祖国风调雨顺　丰收在望

寻找故乡那片纯净的天空

小时候，我最喜欢爬上
那光秃秃的半山坡去玩
因为上面是块平整的自然石坝
夏天当晒谷场
夜晚是个纳凉聊天的好地方
记得有一次
天气特别好
晴朗的天空，一望无际
我独自坐在山顶上凝视东方
天是蔚蓝的，一行大雁从头顶飞过
我的目光向着大雁远去的方向眺望
只见千里外的华蓥山上
青松林立，郁郁葱葱，青翠欲滴
白步梯上
挑煤上山的人们如蚂蚁般清晰
向南望去
便是坪滩的高低坑瀑布
拦瀑而建的发电站
那隆隆的响声
便是飞泻的瀑布

伴随着水冲击发电机的声音
形成优美的乐曲
顺着嘉陵江远去
向北眺望
便是高低不平
齐福寨山脉
她蜿蜒崎岖形成一堵
天然屏障
直插云霄
向西眺望
便是顺庆府
天晴时
可以望见奔腾的嘉陵江水
和飞驰的列车，偶尔
一笛长鸣
打断了我托腮遐想
而如今
这一切便成了我永久的回忆
因为现在这一切都
被污染环境的雾霾淹没
再也无法寻找
故乡那片纯净的天空

感恩的心

晨曦初露　艳阳高照
一只喜鹊　喳喳地叫着
从远处飞来
停落在窗外的梧桐树上
偏着头　东瞧瞧　西望望
俯视着不远处的绿草坪
一群孩子顽皮地在那儿
嬉戏追逐着
躲藏着
他们在玩藏猫猫游戏

我走过去
叫着昊昊　昊昊你姐姐呢
昊昊是我的小孙子
他抬头用手指着
树林深处的假山说
姐姐就藏在那边
我叫着孙女的名字
萌萌　萌萌你在哪儿
孙女儿从那边急匆匆跑过来

脸儿红扑扑地笑着
对我说　爷爷您猜猜
我今天要做什么呢
她神神秘秘地
从校服口袋里摸出一封信来
恭恭敬敬地递给我
我接过并打开信封
信上写着
亲爱的爷爷您好
我想对您说
爷爷您辛苦了

您每天早上 5 点钟就起来
为我们姐弟俩做早餐
并叫我们起床吃饭
饭后忙着把我送上公交车
又返回来送弟弟到幼儿园
下午您先去接弟弟
领着他到我学校接我一起回家
回到家　您又忙着淘米煮饭
为了让我们姐弟俩吃好
您和奶奶操碎了心
每天和奶奶
在抖音上学习做菜
想方设法变换着花样
什么油炸香排　鱼排　鱼卷　鱼丸
糖醋里脊　嫩牛排　鱼香猪　牛肉丝

等等　不胜枚举
我们吃着每天不同花样的菜
心里有说不出的高兴和开心啊
在您和奶奶的照顾下
我们在这个家是非常幸福的
记得今年夏天
有一天特别热
您接完我和弟弟
在公交车站排了二十分钟的队
上车时您满身是汗
脸上流下的汗水已把衣服湿透
下车后急忙到小卖部
给我们买冰淇淋吃
可是您呢
一元钱的白糖冰糕也舍不得吃
我和弟弟让您吃
您说您不喜欢吃冷的
您用竹片
在我俩的冰淇淋里
各挑一小点尝尝
说不吃　不习惯
可是您一进家门
就捧着一盅冷开水
一口气咕嘟咕嘟地喝完

亲爱的爷爷
我想对您说

爷爷您辛苦了

我一定要努力好好学习
在学校认真听课
争取每次考出好成绩
来感谢您
2021 年 10 月 14 日
您的孙女　萌萌

看完信　我心里美滋滋的
满脸的幸福
为下一代的成长
再辛苦也值得

爱存心田回忆难眠

春风吹过万重山
细雨滋润我心田
旧日的春梦让我不能忘怀
昔日的春心欲动
羞于心窗没有打开
人生如戏　爱情也是如此
过去萌动的春思让人回味难眠
淅淅沥沥的春雨
昨夜飘落窗前
湿了双眸　又湿枕边
回忆当年就像回到昨天
曾记否我们初次见面
那是五十一年前
相逢在平安乡的校园
你眉清目秀　秀发翩翩
你坐前排　我坐后边
偶尔你回头一笑
情窦初开的你　似乎心里藏着秘密有口难言
一朵红云含情脉脉
爬上我害羞的脸

你美丽的双眸一闪一闪
你系着红头绳扎两个羊角辫
蝴蝶结在微风中飘逸映照我的眼帘
下课时一起在操场
跳绳踢毽亲密无间
毕业后音讯全无已失联多年

光阴似箭　日月如梭
转瞬各自已进入暮年
世间的缘分有聚有散
谁曾想漫步偶遇在
碧水蓝天的东湖公园
四目对视许久许久
几十年过去还是那副漂亮的容颜
默默地莞尔一笑
才打破这尴尬局面
我俩同时开口叫出名字
诉说着分别后曾经的暗恋
我们俩边走边谈
不知不觉已迈步
走向湖心岛上的凉亭
往事如歌道不尽当时的情缘
岁月悠悠已回不到从前
倾心叙说着各自家庭的故事
你说要是当年
我们能走出世俗的禁锢
也许就能结下良缘

也许就走入婚姻宫殿
也许
我说那一年我回乡探亲
去到你教书的教室门前
默默地望着你的背影
你在给孩子们上课
在黑板上边写边念
要是你也回头一望
也许就是完美的姻缘
也许不留一丝遗憾
也许
这就是上天捉弄人的安排

收获

——一枚勋章金光闪

鄂中冷水西北边
三山相连入云端
左山驻扎对空台
中间某团雷达连
右山脚下飞银燕
且说山上雷达连

常年缺水度日艰
巡守蓝天始觉甜
记得一九七八年
夏日炎炎遇大旱
官兵下山把水担
挑担用时三个半
分给战士一盅水
半盅漱口半洗脸
剩下交给炊事班
淘米洗菜涮锅碗
高山缺水怎么办

领导提议寻水源

山下七里郭刘湾
有股涌泉流溪间
一份报告后勤处
刨沟埋管两月半
苦干汗水军装染
滴滴化作白云团
管通输水送山尖
畅饮清泉笑开颜
年终总结庆功会
收获勋章金光闪

鲁班迹[1]上藤椒香

我爬上鲁班迹坡上遥望着远方
长长的山梁　沿西南方向横躺
西边的万台山
上至大垌坡　下到石院墙
如同一道天地合谋的自然屏障
它阻挡了远方的绚丽与渺茫
却凝聚着近处的贫瘠与沧桑
满山遍野的红沙荒石
杂草难生　野兔难藏
鸟儿飞过不歇脚
播种植物无望

我爬上鲁班迹上
满山的藤椒枝繁叶茂
绿油油长满山梁
藤椒一排排一行行
就像威武的士兵
集合在军营的训练场
那细细的白色藤椒花开时
引来鸟儿穿梭飞翔
野鸡在树下歇凉

收获时节满山尽是
头戴遮阳帽身背竹箩筐的采椒姑娘
如同一抹靓丽的风景在绿浪中荡漾
汗水虽湿透了她们的衣衫
笑语却写在了她们的脸上
那多姿的身影融了椒香也醉了山冈

我爬到鲁班迹上
东北方余家庙禹山寺遥遥相望
那禹山寺脚下
宽敞平整的稻田
翻腾着绿油油的稻浪
中间隔着余家庙山梁
那山梁上种植着
白术当归黄姜
当旭日冉冉升起
金光四射
把鲁班迹山下的村庄照亮
几缕炊烟
缠绕房檐　竹林盘旋
在鲁班迹上恋恋不舍
回头向余家庙禹山寺张望
张望
鲁班迹山下的村庄
今日这里与往日不一样
这里今日
热闹非凡无限荣光

这里在庆祝
这里在歌唱
土地整理开发后
种植的藤椒丰收现场
这里满载藤椒的车辆
由一条弯弯曲曲
的盘山公路
运销远方

我爬到鲁班迹上
那一辆辆满载藤椒白术黄姜的卡车
在弯曲的盘山道上奔驰
一条日夜流淌的小溪
把山下两岸的土地滋润
把这山上的特产
藤椒白术当归黄姜滋养
看那鲁班迹下
藤椒专业合作社分红现场
村庄里鞭炮齐鸣
人们心花怒放
脸上洋溢着喜庆与吉祥

注释：

①鲁班迹：据《岳池县志》记载，鲁班修完岳池白塔后，去大龙山时，途经此山，小憩踞坐于此留下的痕迹，俗称“鲁班迹”。

老师傅

——街边理发师

一把陈旧的发剪
一把磨用得像手术刀宽
锃亮放光的剃须刀
已跟随他七十多年
这刀　这剪与他结下深厚情缘
不管天晴下雨或是
寒风凛冽刺骨的冬天
他依然在街边
摆摊设点
等候
等候着他的客源

闲暇时把剃刀磨磨
把发剪左右翻看
时而手搭凉棚东西瞧瞧
左右顾盼　眺望远方
欣赏街边风景
看那如织游客

在宽窄巷子接踵擦肩
天桥上下留连往返
车流在顺城大街飞速流转
桂花巷里桂树
黄花点点开满
阵阵馨香扑鼻
呷一口清茶
品一缕花香
抽一点空闲时间
与摆摊理发师聊天
师傅姓樊
今年九十六岁多点
古铜色的右手
灵巧推动发剪
左手执着木梳
配合发剪上下飞翻
他此时正给同事
九十四岁的伍师理剪
他耳明目聪豪爽健谈
打开话闸滔滔不绝
从清朝民初叙述到眼前
二十世纪五十年代
他正值而立之年
家境十分贫寒
在父亲的央求下
跟邻村的王老师
拜师学艺

从此理发挣分分钱
这把手推剪跟随他七十多年
不知剃过多少个头
刮过多少张脸
两指间摩擦的老茧
锃亮的光头　黑黝黝的脸
那眉宇间深浅不一的皱纹
写满岁月的沧桑和辛酸

他曾是某国营厂工人
也领退休金养老钱
在工厂是大厨炊事员
一手好厨艺和理发技术
从未弃闲　退休后
一直坚持在这街边理剪
他的老顾客无事
常来这儿与他聊天解闷
他膝下儿孙满堂
重孙也在读研
他不缺钱
在街边摆摊点
求的是一份清闲
执着理发为的是心情放宽
每剃一人　刮刮摸摸数十遍
廉价收费十元
手艺精细　熟练
笑容满面与客人边理边谈

他退休后在此摆摊近五十年

今天
秋风习习　秋雨绵绵
我又来到桥头茶馆品茗聊天
抬眼望去
往日的理发摊点
一条木靠椅还在那儿摆着
空空无人　悠闲
使人伤感
那执着的　九十高龄的理发师
今日为何不见
询问：茶馆老扳得知
樊师傅已有半年未来这儿坐等
找他理发的人们也无从查寻
执着　敬业的樊师傅
您老现在何处　让人难寻
身体可好　一切是否平安

不负那份期望

走进桃李文化的知识海洋
聆听总裁谆谆教导
老师们把心得体会无私奉献
传授创作锦囊
文质在这里提升
追求在桃李村里实现

你是大海的航标
给我创作指明前进的方向
听醉雪老师授课
素材取材于生活　来自身旁
在这知识的海洋里
有我所需的营养
审核老师的辛苦
时刻铭记在心　受益难忘

阅读老师们的精品
开启我写作的灵感之窗
在桃李平台
是朗诵老师们的付出

让我的诗歌插上飞翔的翅膀
每一次听课都使我不断成长
感受到了总裁和社长
对我寄予厚望

我要用手中的笔书写出美丽篇章
昨夜的小雨滴落在桐叶上
清脆　滴答声含着诗的韵味
带着桂花的郁香
飘进我的心房
清晨极目远望
翠绿的山冈
缕缕白云缭绕
伴随着炊烟把我的万千思绪
带进桃李文化的知识海洋里
决不辜负
总裁和社长对我的那份期望

获奖感言

旭日朝霞洒满天
喧闹鼓乐唱新篇
歌声万里颂桃李
金杯闪烁在眼前

今夜月亮正圆
今夜群星荟萃
相聚成文学盛宴
这里是文赛颁奖庆典
每个人精神饱满
迈着铿锵有力的步伐走上领奖台
双手接过桃李成蹊总裁
颁给我们的奖杯
笑容写在我们脸上
激动的心情如碧波荡漾
向总裁深深地鞠躬致谢
向在场的所有人挥手致谢

每位获奖者
热泪盈眶走下领奖台

享受着无以言表的荣光
我要衷心感谢桃李传媒平台
感谢桃李总裁
感谢辅导老师
感谢桃李家人的爱
在桃李文化传媒平台
让我的文字得以提升
在这里找到了家的温暖
体会到了总裁的厚爱
我徜徉在桃李文学海洋
吸收着营养
唤起我儿时的梦想
让我的诗歌插上翅膀
翱翔在桃李的海洋
回想当初我步入桃李平台
就像迷路的孩子
重新找到回家的模样
这次获奖　给我的鼓励
使我终身难忘

记得曾经在部队
领导给我授勋章的现场
我曾感动得热泪盈眶
让我一次次在梦里回想
今天　我又在桃李获奖
我想对桃李总裁细细诉说
我的衷肠

没有总裁的无私奉献
就没有我丰羽的翅膀
没有总裁搭建的平台
我如何追求理想
这一年
我在各位老师的辅导下
在文字上有了飞跃成长
在未来
我要用手中的笔书写更多华章
在未来
我要为桃李文化传媒大声歌唱

作者荣获奖杯

后 记

这本诗集终于完成了最后的校对与雅正，即将付梓。多年前我就曾有过创作诗集的构思，直到去年经老战友彭先广的点拨，我才决定将过去业余时间创作的诗词收集整理，出一本诗集留存。我年事已高，对电脑及智能手机的操作也不甚熟悉，因此在诗词创作中耗费了诸多精力。幸而在创作中得到了众多文朋诗友的热情帮助，令我的诗集能顺利完成：有为本诗集篆刻印章、撰写诗文的雕刻大师叶先勇；有题写书名的书法家聂曹友；有撰写序言的高中退休教师李传政；有馈赠书法祝福的原中国人民解放军空军政委上将于忠福；还有为本诗集进行策划制作的余生老师。作为诗集作者，在此向他们致以最诚挚的谢意！

近年来，随着对诗词创作热情的不断加深及诗词创作水平的不断提高，我深感传承和发扬中华优秀传统文化任重而道远，故日夜颂读前人诗篇，并痴迷创作难以自拔。惟愿自己创作的诗词，能有李白之豪爽和壮阔，温庭筠与柳永之委婉和柔情，苏东坡之豪放和雄浑，秦观与李清照之清雅和感伤，陆游之孤寂和深沉，辛弃疾之忧患和悲歌。我仿佛在与这些大家做一次次的心灵对话，其中的悲欢滋味、喜忧情感，只能用浓浓的诗情词韵来表达。

创作诗词既能让我体会平仄韵律的美妙，又能领悟到文字中意境的悠远。中华文化独特的文字韵味让我沉醉其中，多年来，我在这肥沃的创作土壤中吸收营养，辛勤耕耘；未来，愿我的文学境界能得到进一步提升，在唐风宋韵中创作更多精美诗词！